冴子の母娘草

氷室冴子

集英社文庫

冴子の母娘草

目次

本文デザイン／宇都宮三鈴

冴子の母娘草

ご先祖さま探訪ツアーはこうして始まった

それは母からの一本の電話で始まった。

「サエコ、函館《はこだて》の××が死んだんだよ。交通事故で……」

そういったなり電話のむこうで、母のすすり泣きが聞こえてきた。

函館の××というのは母の弟で、私の叔父さんである。

まだ五十代の若さで、その突然の死には、私も茫然《ぼうぜん》とするばかりだった。

こういってはナンだが、母方には、当時八十七歳になる祖母がおり、誰も口には出さないながら、いつでもカクゴはできているといった雰囲気があった。

それが、よもや五十代の叔父さんが先に亡くなるとは誰も思っていなかっただけに、親族間にも、かなりの衝撃が走ったらしい。もちろん、わが母も例外ではなかった。

わが母親は悪い人ではないのだが、猪突猛進型《ちょとつもうしんがた》の性格をしていて、しかも口が曲がっても〝ごめんなさい〟がいえない、ガキ大将みたいなところがある。

その性格ゆえに、すでに六十歳をすぎているというのに、兄弟姉妹との間にケンカが絶えなかった。

このときも九十歳にナンナンとする祖母や、とある親族の一家族とは絶交状態にあり、それは双方の家族や多くの親族をまきこみ、あんたはどっちの味方なの的険悪ムードというか、一触即発というかなんというか、うーむ、ともかく血縁騒乱のさなかにあった。（うむむ。こりゃ、葬式当日の席の順番から始まって、どっちが先に玉串《たまぐし》を奉ったの奉らないのと、第二次災害に発展するかもしれない……）

とおびえた私は、叔父の死にまだ茫然としながらも、

「お母さん、ともかく叔父さんのご霊前なんだから、ケンカだけはダメだよ。あなたは悪い人じゃないんだけど、ともかく口が軽い。相手が傷つくことを平気でいっちゃう。そのくせ、相手が傷ついて怒りだすと、突然、自分ひとりがイイコになって、相手はガマンがたりないだの、気性が荒いだの、根性がネジ曲がってるだのと悪口をいう。褒めコトバは伝わらないけど、悪口はすぐに伝わるのが世間てもんだ。あなたはそれで、たくさん敵をつくってんだからね。あなたが起こす問題のうち、半分以上は、お母さんに原因があるんだからね。そこんとこ自覚して」

と説教するのだけは忘れなかった。

母はさすがに気を悪くしたようで、

「おまえは誰に似たのか、すぐに説教ばかりして……」

ブツブツいいながらも、やはり弟の突然の死にショックを受けていて、いつになくおとなしく電話をきった。

思えば、そのときから、母の胸にはあるアイディアが芽生えていたらしいのだ。

叔父の葬儀のあとも、しばしば電話をかけてきて、

「やっぱりさぁ、人の命はハカないねえ。まじめに生きてても交通事故にあうんだから。もうすぐ九十にもなろうかって腐れババアが生きてて、人生これからって五十代の男が死ぬなんて。母さん、人生観が変わったよ。人間は、ハカない生きもんだァ……」

涙声でシンミリいいながらも、絶交中の祖母の悪口だけは忘れずにいう。

「うん。人生は短いよ。だから、生きてるうちは楽しいことを数えなきゃねえ」

ちょっとしたことで人生観がころころ変わる母の性癖を知り抜いている私は、用心ぶかく相槌《あいづち》をうった。

もちろん、人間はハカない。人生はハカない。この限りにおいて、母は正しい。

しかし、わが母はなんというか、ノリやすいヒロイン志向の性格でもあって、歌謡曲とか演歌とか奥様テレビの人生相談とか、そういう情報ソースで得た人生訓やアフォリズムを、雰囲気しだいで口にするところがあるのだ。アッサリ信じるとバカをみるのであった。

案の定というべきか、ある日、電話をかけてきた母は、ひとしきり〝人生はハカな

い〃テーマをシミジミと語ったあげく、

「それでね。あんた、まえから、温泉に連れてったげるっていってたしょう。母さんねえ、ぼんやり考えてたんだけど、××が死んで、ああ、もう今しかないなと思ったんだァ。伊藤《いとう》（母の実家姓で仮名）のご先祖さまのお墓に参りたいのさ。どうだい」

唐突に、いいだしたのだった。叔父の突然の死と、ご先祖の墓参りが、なぜかいきなり、ここでクロスしたのである。

「伊藤のご先祖って、島根だか鳥取だっけ」

「そうそうそう。あんたの曽祖父《ひいじい》さんが鳥取からきたのが、北海道の伊藤家のはじまりなの。もともとは、鳥取のほうで豪勢に暮らしててさ。（と、ここから声に節がついてきて）♪因幡《いなば》の伊藤にゃホウキはいらぬ。おヌエおヌイの袖で掃くゥ」

突然、電話のむこうで、ワラベ歌を歌いだすのだった。

因幡の伊藤家にはホウキはいらない、娘たちは豪華なお振袖を普段からきていて、振袖とおひきずりの裾をひきずって歩くので、それでホコリが掃けてしまう、伊藤家はそれほどご大家だよ——というほどの意味である。

子供のころから、その歌を聞かされるたびに、

（アヤしい。どっかの地方の地主に伝わるワラベ歌を、流用してるんじゃないか？）

と私は疑っていたのだが、母はすっかり信じているのであった。

「ようするに、鳥取にいたころは、たいした力があった家柄さァ。明治十七年、前の年に村が大雨でヤラれたのと、どうせ次男だしって身軽さもあって、千蔵《せんぞう》祖父さんは北海道の小樽《おたる》にきたわけさ。そこらへんの富山者《もの》とは違う育ちだからね。ふん」

〝そこらへんの富山者〟とは、父方の祖父が、富山県からの入植者であることをアテコスり、ずばり父のことをいっているのだ。

北海道は、いろんなところからの移住者が集まった寄合所帯、右も左も前も後ろも故郷を捨てて渡ってきた者ばかりで、モトがご大家だろうがなんだろうが、似たようなものなのに、こういういい方をするのは、

（ふーむ。また、父さんともケンカしたな。このフレーズが出てくるとこみると……）

私は冷静に判断したのであった。

「ご先祖さまのお墓っても、場所とか、わかってるの？」

「東京の△△さん（伊藤の縁者）も、何年かまえに、ご本家に挨拶にいったんだと。あそこも、そろそろアブないバーサン抱えてるから、死ぬまえにお墓参りってわけさね。お墓もちゃんとしてたっていうよ」

「ふうん。まあ、お墓の場所さえシッカリしてればね」

「まあ、よくわかんないけどさ。おまえモノ書きやってるし、小説家とかいうのは、そういうの調べるの得手なんだろう？　チョイチョイって調べてよ」

「…………」

「あんたの曽祖父さんが書きのこした日記もあるしさ。それ、今度、送るわ。鳥取ってドコらへんだっけね。やっぱり飛行機でいくのかね」

人生はハカないなりに、目的が出てくると元気になるのか、最後には明るい声で電話をきったのであった。

それからの私は、書下ろしの原稿書きをしつつ、連載の原稿を書きつつ、送りつけられた曾祖父の日記解読に、時間を費やすハメになったのであった。

『明治二拾七年　吉日　利恵幾』と表書きされた和綴《わと》じ日記のコピーは六枚。なんと、曽祖父さんは〈われ、いかにして北海道に渡りしか〉という由縁を、明治二十七年にふと思いたって、エンエン書き残したのである。けっこう筆マメなご先祖なのだった。

すべて筆で書かれていて、当然ながら平仮名は一字もない。カタカナまじりの旧字ばかりで、戦後教育をうけた身にはパソコンのマニュアル本を読むより、くたびれた。

しかしようするに、まとめると、鳥取県・伯耆《ほうき》国・河村《かわむら》郡・竹田谷・大字《おおあざ》久原《くばら》村というのがご先祖さまの本拠地らしい。

伯耆国なのに、なんで家伝のワラベ歌が〝因幡の伊藤にゃ……〟と、因幡になっておるのか。伯耆と因幡は隣りあっている土地だけれども、こりゃ違うんじゃないか？

これだけでもう、ご先祖さまの出自はかなりアヤしくなってくるのであるが、電話で

問い合わせてくる母に向かって、

「なんかねえ。伯耆国ってあるし、〝因幡の伊藤にゃ……〟のワラべ歌はヘンだよ、やっぱり。このさい、ご先祖は家柄がいいとか、そういう幻想は抱かないほうがいいよ」

と理をつくして説明しても、母はすっかり頭がとんでいて、

「まあ、いろいろ難しいことはあるだろうけどね。それでね、東京の△△さんに問い合わせたら、△△さんが挨拶にいったのはご本家じゃなくて、別家《べつけ》なんだって。こっちでは分家っていうけど、鳥取のほうでは別家っていうんだねえ。本州はおもしろいもんだね」

しきりと感心するのである。

「別家って、お母さん、送ってくれた日記に、伊藤吉右衛門竹定（仮名）の別家が伊藤為三郎で、為三郎の長男が李治郎、次男が千蔵って書いてあるじゃん。この千蔵があたしの曽祖父さんなんでしょ。別家ってのは、日記に出てるよ、ちゃんと」

「あ、そう。それでね、別家さんの住所おしえてもらったんだけど、どうしたもんかねえ。北海道のジャガイモとか夕張《ゆうばり》メロンとか送ろうか？」

ほとんど、私のいうことを聞いていないのであった。

私の人生観の根深いところにある、

（人はしょせん理解しあえない→理解しあえないのがアタリマエで、べつに絶望するこ

とでもない。ちょっとでも理解しあえればラッキー)

というペシミズムとオプティミズムは、こういうシリアスな母娘関係《ハハコ》が育《はぐく》んだのだ。

私は徒労感にうちひしがれながら、別家さんの住所を聞き、大日本地図をひらいて場所を確認した。母はそういうことさえも、

「おまえはモノ書きなんだから、シロウトの母さんが調べるより、シッカリしてる」

などと勝手な理屈をつけて調べようとしないのであった。

ご先祖さまツアーについては、母のほうから、

「孫の世話もあるし、旅行も三泊四日が限度だね。それでね、どうせなら出雲《いずも》大社にもお参りして、観光して、どこか温泉にもいけて、そして最後に、ご先祖さまのお墓参りをしたい」

という厳密な希望が出ていて、この過剰な期待にどう応えるかが重大問題であった。

私はヤマケイの山陰地方のガイドブックと、各航空会社の時刻表をめくりつつ、以下のような計画をたてた。

一日目、大阪でふたりが落ちあい、大阪→島根にとび、宍道湖《しんじこ》一周の遊覧船。玉造《たまつくり》温泉に宿泊。

二日目、出雲大社にお参り。出雲市内の観光。宍道湖畔の松江《まつえ》温泉に宿泊。

三日目、すぐに三朝《みささ》温泉に直行。荷物をおいて、午後から別家さんのお宅を訪問。お

墓参りをして、三朝温泉に宿泊。

四日目、午前中に鳥取の市内観光。午後、東京に帰着。母は乗り継ぎ便で札幌《さっぽろ》へ。

まず、こういった日程表をワープロで作成しつつ、

（三日連チャンの温泉だっ！　これだけの日程表は、プロでも作れないぜ。へっへっへ）

とわれながら満足して、母に速達で送った。

しかし、このあたりから、私もまた、いやおうなくご先祖さま探訪ツアーに染まりはじめて、ヒステリーの丘をのぼりはじめていたのであった。

母が無事に大阪にひとりで来られるか、ちゃんと大阪空港で落ちあえるか――という最大の難問を前にすると、すべてが茫漠《ぼうばく》としてきて、

（お母さんが家を出るのが朝の七時。千歳《ちとせ》空港につくのが余裕をもって十時半。搭乗手続きとか、待ち時間とか考えると、大阪行きの飛行機は十一時半前後のやつだな。大阪まで二時間とみて、一時半着。わたしはその三十分前には大阪空港について、お母さんがウロチョロして迷子にならないよう、出口で見張ってなきゃならないから……）

などなど考えれば考えるほど、未来は混沌《こんとん》としてくるのだった。

さて、当日、私は眠れないまま朝を迎えて実家に電話をして、母が無事に家を出たことを確かめてから、羽田《はねだ》にむかった。

飛行機が羽田から大阪空港についたそのとき、

「お客さまの○○さま、札幌から連絡が入っております。地上職員にお申し出くださいませ」

不吉な機内放送が流れた。お客さまの○○さまとは、私の本名ではないか。

通路から直接、空港内に入り、待ちかまえていた職員に名乗りでると、

「札幌の○○さまとこちらでお待ち合わせとのことですが、機体整備に時間がかかっておりまして、予定便はまだ千歳空港を出ておりません」

地上職員はニコヤカにいう。私はどっとヒヤ汗が出てきた。

では、ここで母と落ちあって、四十分後に出る島根ゆきに乗り継ぐ当初の計画がパーになるではないか。島根ゆきの他の便はどうなるのか。空席はあるのか。そもそも、まだ千歳を出てないという飛行機は、いつ、こっちにつくんだ。あの母のこと、パニックになって、とんでもないことをしでかしてるんじゃないだろうか……。

飛行機が遅れているのは母の罪ではないにもかかわらず、そのとき、私の胸を去来したのは、

(やっぱり、お母さんと一緒で、ものごとが無事にすむはずなかったのよーっ！　絶対、この先もなんかあんのよーっ！)

というブキミな予感であった……。

母娘旅行はつねに戦場である

思いおこせば、私と母の旅行はいつも、波瀾《はらん》ぶくみなのだった。

もう十年ほど前のこと、ようやく海外旅行ができるほどの貯金がたまり、私も気負ったというのか魔がさしたというべきか、父と母を海外旅行に誘ったことがあった。

出無精でものぐさな父は、

「いやー、まあ、その気持ちだけでいいわ。あんたたちだけで楽しんでおいで」

とおっとり辞退したのだったが、一方の母は目をきらきらさせて興奮し、

「そうかい、外国旅行かい。どうせいくんなら、ハワイだ！」

鼻息もあらく断言した。

「今どきハワイは混んでるよ。それより、サイパンとかバリ島とか、そういうほうが、もっとゆっくりできるんじゃないかな」

と説明しても、母は断固として、

「いや、デパートだって混んでるほうが、景気がいい店なんだよ。人が少ないのは、サ

ビれてる証拠さ。外国はやっぱりハワイだね」

どこまでも、ハワイに固執するのだった。

母がハワイにこだわるには理由があった。十年前の時点で、母の母、つまり祖母は農協の団体旅行で、すでに三回もハワイ旅行にいっていたのだった。

実家に遊びにゆくたびに、ハワイ旅行の写真を見せられ、さんざん自慢話をきかされていた母は、内心、ジクジたる思いがあったらしい。

思えば、そのころからすでに、明治うまれの祖母と、昭和うまれの母のあいだには、母娘戦争の火ダネがあったのであった。

それはともかく、私はおとなしく母の希望をいれて、旅行代理店にゆき、プランを組んだ。

父がいかなくて、ひとり分の費用が浮くから、このさいリッチな旅行にしよう、十人や十五人のツアー旅行なんかじゃなくて、ふたりきりで、リムジンのお出迎えをうけ、専従ガイドがつくお大尽《だいじん》旅行をやってやろうと気が大きくなり、『ゴールデン・シルバープラン』というものを指定した。

落ちついて考えると、ゴールデンとシルバーがくっつく安易なネーミングからしてアヤしかったのだが、豊かな年金生活をしているシルバーカップルのための、ゴールデンな旅行プランだ。

「ご年配のご夫婦をターゲットにしたプランですから、ゆったりした日程で、きっと、お母さまも満足してくださいますわ。これからは、ゆとりの時代ですわ」

という旅行会社の係員の説明に、私は大きく頷《うなず》いてしまっていたのだった。

「空港についていて、ぐったり疲れてるときに、団体でバスに押しこまれて、ホテルにもゆかずに、すぐに半日観光なんてのより、グッと楽だからね。なんせ空港についたら、キャデラックかなんかでお出迎えだよ。そしてホテルでゆっくりご静養。翌日も、ちゃんと車が迎えにきてくれて、専従ガイドさんがついて、ふたりきりの観光だからね。あたしもこれで、親孝行のまねごとができるってもんだわ」

うっとりと夢見るようにいう私も、いいかげんヒロイン志向のおろかものであったが、

「キャデラックってなにさ」

リアリストの母は冷淡にいい、ガイコクの車だといっても、ふーんと気がのらないふうで鼻を鳴らしただけだった。

「ばあさんがいうには、空港でバスにのって、すぐに観光したけど、バスの中でも缶ジュースとサンドイッチのお弁当がちゃんとでて、トクした旅行だったたっていってたけどねェ。車なんかが迎えにきて、ちゃんとお弁当がつくのかね」

「バスん中で、ボソボソお弁当たべるより、ホテルについて、ゆっくりレストランでお昼たべるほうがいいでしょ。そのほうが落ちつけるから」

「だって、帰ってきて、みやげ話するとき、ホテルでご飯たべたっていっても、なんの代わりばえもしないよ。ばあさんにバカにされたら、どうするのさ。なんたって、ばあさんは三回もいってるんだからね。こっちは一回目なんだから。のんびりするより、たくさん見てまわらないと」

「………」

母にとってハワイ旅行とは、祖母からさんざんきかされて、すでに充分にイメージトレーニングができていたように、三十人か四十人の団体で空港につき、顔みしりの連中ばかりの気安さでワッとバスにのりこみ、ワイワイはしゃぎながら観光して、夜は夜で、やっぱり団体でどっと日本料理屋にくりだす——という、そうぞうしくも楽しい、〈秋の紅葉・白骨《しらほね》温泉バスツアー〉の延長上にあるものなのだった。

私たち母娘のハワイ旅行は、初日から不幸だった。

ハワイについたその日の前日から、ハワイでは十年ぶりだという台風が大荒れに荒れていて、空港の車道に植えられていたパームの木は、柳の木のようにシナッていた。

しかも、私たちを出迎えるはずのリムジンは、なぜか、どこにもない。

どこに手違いがあったのだろうとアセる私と、ぽかんとしてつっ立っている母の横を、ツアー旅行の人たちが楽しげに、旗をもったツアーガイドにつれられて、バスに向かってゆく。

その足どりは確固として、いっさいの段取りができている安心感にみちていた。

その人たちの楽しげな、満足そうなようすに、母はすっかり感銘をうけて、あれこそ本来のハワイ旅行だと確信した口ぶりで、

「サエコ、出迎えの車はもういいわ。母さん、あの人たちと一緒に、あのバスにのる。どっかで、車代の払戻ししてもらって、あたしたちもあのバスにのろう」

といいだした。

そんなことはできない、なんでできないんだと大口論が始まったときから、その旅行の運命は決まったようなものであった。

ハワイにきてみれば大嵐《おおあらし》で、バスにものれない。迎えにくるという車もない。

(この旅行はヘンだ。いつもきかされていたハワイ旅行とちがう。これは、あたしの知っているハワイ旅行じゃない。サエコは騙《だま》されたに違いない)

との疑惑を、母はふかめていったのだった。

ようやく一時間遅れで出迎えにきたキャデラックにのっても、母は憮然《ぶぜん》としていた。

「一時間も遅れたけど、やっぱり車はラクよねー。すこしも揺れないし、ゆったりしてさ」

なんとか機嫌をとろうとしても、母は顔をこわばらせたまま、

「△△(母の弟の一人で、わたしの叔父)だって運転はうまいからね。あれの車だって、

そんなに揺れないよ」

ゆるがぬ確信のもと、キッパリ、という。

もともと車に興味がないから、キャデラックでもブルーバードでも、叔父さんのカローラでも同じなのだと、私もようやく気がつき、

(あああ、これを猫に小判、ブタに真珠、母にキャデラックというんだ!)

はげしく後悔しても、あとの祭りなのであった。

車がホテルについて、私がドライバーにチップを渡したのをめざとく見つけた母は、

「おまえも少しくらいお金が稼げるようになったからって、なにをエバッたことしてるのさ。一円を粗末にする者は、一円に泣くんだよ。おまえ、そんなにムダ遣いするコじゃなかったのに、人間かわったんじゃないのかい」

悲しそうに頬をゆがめて、ホテルのロビーで説教を始めた。

さらにまた部屋に案内されて、スーツケースを運んでくれたベルボーイにまたもチップを渡すのを目撃したときには、胸もはりさけんばかりの表情になった。

なんども、なにかいおうとして口を開けかけては閉じ、閉じてはまた開けて、ふっと吐息をもらし、

「人間、少しでもお金をもつと、バカなこと、するようになるんだ。昔はよかったねェ。おまえ、昔は、家族で共済組合の旅館にいってても大喜びしてたのに、今はあんなムダ遣

いして……。おまえ、小金《こがね》、手にしたからって、たいせつなこと忘れるんじゃないよ」

涙ぐみ、傷ついた風情でつぶやくのだった。

ここはそういう習慣なのよ、などといっても、五十年を生きてきた婦人の実感をもとにした人生観や価値観には、ゆるぎのないものがあるのだった。

その価値観からすれば、夕食のたびにホテル内にある、いくつかのレストランにわざわざ予約をいれなければならなかったり、夕食のたびに着替えなければならなかったり、レストランの入り口でしばし待たされ、ようやく席に案内されてからも、いちいちメニューを見て、しどろもどろの英語で注文しなければならない手間ヒマがかかるのはダメな旅行であり、きまった場所にゆきさえすれば、ちゃんとレストランに案内され、ぐずぐずせずに席がきまっていて、メニューを見て、いちいち注文しなくても、ちゃんと、ササッと料理がでてくる〝ばあさんのハワイ旅行〟のほうが、数段、いい旅行なのだった。

私たちが泊まったのは、本格的な長期リゾート客のためのホテルで、観光旅行の日本人客は数えるほどしかいなかったのだが、見わたすかぎりガイジンばかりというのも、母には不気味で、信用がおけないらしかった。

日本人の団体客がこないのは、ホテルに欠陥があると思うらしいのだった。

二日目あたりからめっきり無口になり、ホテル内のブティックにいっても、レストランにいってもニコリともせず、おかげで日本人はニコニコするものだとばかり思っていたホテルのマネージャーはよほど母をＶＩＰだと勘違いしたらしく、滞在中、三度も食卓にきて、不都合はないかと慇懃《いんぎん》にたずねるのだったが、母にはそれも鬱陶《うっとう》しいらしくて、うるさい蠅《はえ》をおいはらうように手をふる。

私はそのたびに汗をかきかき、

「雨がふっている。わたしたちは海で泳げない。残念だと、彼女は思っている。居心地が悪いと怒っているのではない。プールはすばらしい。プライベートビーチもすばらしい。わたしたちは、満足している。サンキュー」

中学の英語教育に感謝しつつ、しどろもどろにいわねばならなかった。

レストランのソムリエもまた、ミョーに憮然としている母を女主人、ちょこまかと気を遣っている私をコンパニオンくらいに思ったらしく、試飲のグラスは必ず母にゆく。母はむっつりとひと口のんで、ムッと顔をしかめて小首をかしげ、

「苦いねえ。ポートワインみたいな、のみやすいのはないのかい」

とブツブツ日本語で文句をいう。

実直そうなソムリエがサッと顔色を変え、それを見ていた私も顔色が変わり、

(ここで、ワインが酸化しているのかとか、なにかヘンなのかとか、具体的なツッコミがきたら、もうダメだ。わたしの英語能力の限界をこえてしまう。なんとかゴマかさな

きゃ！）

とアセりつつ、

「彼女はもっとフルーティーなワインが好みだと、いっている。しかし、わたしはこれが好きだ。わたしがこれを選んだ。明日のディナーで、彼女はフルーティーなワインを選ぶだろう。あなたは彼女に、よい助言をあたえるだろう」

ジャック＆ベティ英語で、いわねばならなかったのだった。

そういったさまざまなトラブル、ゆきちがい。

天ぷらがたべたいというので日本料理屋にいったものの、できたものを見て、

「こんなのは天ぷらじゃない。ばあさんは、ハワイの日本料理は、日本のよりおいしいといった」

と主張する母と、これ以上、口をきいたら怒鳴りだすにきまっているから黙っていようと決心して、黙々とたべつづける娘。

専従ガイドがセダンを運転しながら、ハワイの歴史なんかを説明してくれるのをうわの空できき、トイレ休憩でみやげ店にはいったとき、そっと、

「ねえ、サエコ。あの運転手、ムダ話ばっかりしてて、いつガイドさんがくるのさ」

と耳打ちする母と、そうか、母にとってガイドさんとはマイクをもち、〝みなさま、左手のほうに見えますのが……〟という人のことなんだと、今さらながら気がついて、

愕然《がくぜん》とする娘。

そういった、ほんの些細《ささい》な、しかし積み重なるとどうにもならない価値観の違いのはて、私たちは帰りの機内で、ひとことも言葉をかわすことなく、悲惨な母娘旅行を終えたのであった。

あのあと、私と母は半年間、電話をかけあうことのない絶交状態に突入し、なにが理由で仲直りしたのかは覚えていないが、ともあれ、そのとき私はしみじみと、

（母娘旅行の一回目を、海外旅行にもってきたのがまちがいだった。ここはやっぱり、国内旅行で足場をかためて、いろんな対応能力をつけてから、海をこえるべきだった）

とふかく反省したのであった。

あれから十年の月日がながれ、今回のご先祖さま探訪ツアーにいたるまでには、数回の温泉旅行を重ねていた。

思いおこせば（いつも思いおこしてばかりだが）、定山渓《じょうざんけい》温泉にいったときも、大変だった。

たまたま町内会の役員をやっていた母は、なにかモメごとを抱えていたらしく、旅館につくやいなや、あちこちに電話をかけては、

「いえね、だから奥さん、あたし、いってやったの。それは、おかしいんじゃないです

か、だれが会長なんですかって。そうそう、そうなのよ。いえ、今は家じゃなくて、娘と温泉にきてるから、家にきてもらってもナンなんだけど。ええ、えーえ、そうなの。やっぱりね、そういうことは許せないでしょ。あたしもね、一生懸命いったんだけど、あっちはほら、もうすっかり根回ししてるから、〝奥さん、それはもう解決ずみでしょ〟って、こうなのよ。そうよ」

などと奥サマ政治をやり始め、私を憤激させたのであった。

電話代を気にして、異様な早口でしゃべり、三十分の通話で、一時間分くらいをしゃべり倒した母が、ようやく電話をきるやいなや、

「今すぐ家にかえって、オバサンたちと思うぞんぶん意見交換会をやるか。町内会のモメゴトはひとまず棚にあげて、このまま旅館に泊まり、温泉につかって、おいしいものたべて、ゆっくりするか。ふたつにひとつを選んでちょうだい。お母さんのしたいほうを優先するから」

私はハゲシク迫った。

「だってサエコ、あんたは知らないだろうけど、いろいろ……」

「そりゃ、いろいろあるんでしょう。それを、この旅館に泊まって、あたしに話すんならきくけどね。旅館についたとたん、ユカタに着替えるヒマもおしんで、近所のオバサンに電話するこたないでしょう」

「だって、家で電話したら、お父さんが怒るんだよ、サエコ。こういうときでもなきゃ、落ちついて電話もできないんだから」

「そりゃ、怒るよ。あんな（くだらない）電話、エンエンやってりゃ、あのおとなしいお父さんだって……」

「フン。おまえはそうやって、すぐお父さんに味方するんだ。一緒に住んでないから、ジイさんのヤなとこ、なーんにも知らないのさ」

この場合のジイさんというのは、父のことである。

「どこがヤなとこなのよ」

「いつもいっつも、茶の間にどっかり座りこんで、テレビばっかり見てさ」

「いいじゃん、そんなの。何十年も働いてきて、めでたく退職してさ。毎日、テレビ見て暮らして、どこが悪いのよ」

「だって、ジイさん、耳が遠くなってるから、テレビの音が大きくて、母さん、気が狂いそうになるんだよ」

「そんな肉体的なことでケチつけたって、どうしようもないじゃん。耳が遠けりゃ、テレビの音が大きくてもしょうがないでしょ」

「そしたら、あたしはドコいけばいいのさ。自分の家で、テレビの音が大きくて、耳のいい母さんひとりが、我慢しなきゃならないのかい、そういうことなのかい！」

そういったなり、ワーッと泣きふし、身をもみしぼって号泣する。

私のほうもすっかり頭に血がのぼっているから、そんなことで容赦しない。

「すぐ泣く。泣けばすむと思ってんだから。そうやってヒスるから、ダメなんだよ。ちゃんとお父さんと話し合って、テレビの音、ちょっと小さくしてねっていえば……」

「フン。ひとりモンのおまえに、夫婦のなにがわかるって」

　さすが母親、母親というものは、号泣してようがハナミズすすろうが、絶対に黙ることなく、あらゆる言辞を弄《ろう》して反論してくるものなのである。

　この場合、母親にとって重要なのは、反論の内容ではなく、〝反論する〟という行為そのものなのだ。

　そうして、もっとも効果的なのは、〝独身の娘に、夫婦のことはわからない〟という、黄金のきりふだなのであった。

「母さんだって、ジイさんが嫌いなんじゃない。ただ、ジイさんにも、ちゃんと世の中にでていってもらいたいのさ」

「世の中でて、どこいくのよ。公園にいけっての」

「ちがうよ。退職してからってもの、毎日毎日、根がはえたように家にいてさ。どんどん自分だけの世界にこもっていくから、お父さんのためによくないってことさ」

「ちがうでしょ。お父さんのためにというのは、表向き、世間向けのいいわけなの。お母さんはそういう開放的な性格だから、家の中で、もぞもぞしてるお父さんが、性格的に鬱陶しいだけなの。それを、お父さんのためによくないなんていうのは、いやらしいウソなの。ちゃんと正直にいえばいいじゃない。お母さんはお父さんに、もっとかまってほしいんだ、なのにお父さんが期待に応えてくれないから、イライラするんだって」

「だって、いっしょに旅行にいこうっていっても、ぜーんぜんその気がなくて、○○さんとこのご主人なんか、自分でパンフレットもってきて、奥さんにいこういこうって誘うっていうのに、ジイさんは……」

「お母さんは、お父さんといっしょに、旅行にいきたいんだね？　そういうことね」

「だけど、あのジイさんは、ひとりでテレビ見てて、旅行に誘っても、あんた、友達といってきなさいやとか、いってばっかりで、○○さんとこのご主人は……」

「ちょっと待った。○○さんのご主人は関係ないでしょ。お母さんはお父さんと旅行にいきたい、だけど、お父さんは出無精だ、だからいっしょに旅行にもいけない、さびしい、と。そういうことね」

「……そういうことかも、しれないけど……」

「だったら、お母さんがさびしいのはわかるよ。でも、それはお父さんの性格でしょ。今さら文句いうのは筋違いなんじゃないの。そういうお父さんと結婚したの、お母さんなんだから。だれのせいでもないでしょ」

「…………」

母は赤く泣きはらした目をこすって、ぷいと横を向いて、さも、せつなげにふーっとタメ息をつき、

「あたしの人生って（と、ここで一息のみこみ）、なんだったのかねェ……」

ぽつりと呟《つぶや》くのだったが、そこで丸めこまれてはいけない、そういうセリフ運びのテレビドラマが最近、どこかであったに違いないのだ。

こういうとき、こういうセリフをいうのがキマる——というのを、父親に負けずおとらずテレビを見て体得している現代の母親を相手に口論するときは、娘はつねにファイティング・ポーズを崩してはいけない。

その闘いは勝つための戦争ではなく、負けないための闘いであり、つまりドローにもちこむための闘いである。

勝ってはいけない戦争、戦禍を最小限にくいとめ、つねに、どんなときでもドローであることを最終目標に闘うのが、母娘戦争のあるべき姿といってよい。

そうして、母娘旅行はなぜか、いつも、かっこうの戦場となるのであった……。

恋人と母親のグチの違いを考察する

　さて、最愛の弟を交通事故で亡くし、人生の無常をふかく感じた母のたっての願いによって、私たち母娘《ハハコ》は、ご先祖さま探訪ツアーへと旅だつことにしたのだった。

大阪で待ち合わせるはずだったツアーの幕開けは、母が乗るはずの札幌↓大阪便が大幅におくれたことで、大いなる波瀾《はらん》を予感させた。

　予定便が三時間おくれでぶじに千歳空港を出たという知らせを、サクララウンジのソファに座りこんで、無料ジュースを飲みながらきいた私は、すっかり虚脱していた。

　本来なら、スーパーシート客でなければ利用できない——したがって、私が利用するはずのないサクララウンジは、航空会社側の事情で予定便がおくれているため、ただのエコノミー客の私にも、ドアを開いていたのであった。

「このあとの乗り継ぎ便も、こちらでなんとか手配中です。行き先は、出雲か、米子《よなご》ですね。どの便も満席とのことですが、航空会社間の交渉などで、キャンセル待ちでは優先してもらいますから」

とJAL《ジャル》の有能な職員が、ぎっしりとナニゴトか書いてある書類をめくりながらいい、私は虚脱したまま、こっくりと頷いた。

うまく鳥取の米子ゆきなり、島根の出雲ゆきなりを押さえても、到着は夜の七時すぎになってしまいますという説明に、

（それでは、なんのために、大阪で待ち合わせたのか、わかんないじゃないのよーっ。宍道湖一周はどうしてくれるのよっ！）

と叫びたかったが、叫んだところでどうなるものでもないので、涙をのんで沈黙していた。

そもそも母を羽田でひろって、そこから出雲なり、米子なりにゆけば、ずいぶんと楽なフライトであったのだ。なのに、なぜ、私が東京↓大阪、母が札幌↓大阪に飛び、ふたりが大阪で待ち合わせるという危険な賭《か》けに出たかといえば、このルートだと、松江市内に入るのが四時前後になる。

旅館に入るまえに、母を宍道湖一周の遊覧船に乗せる時間がとれる——という、ただ、それだけのために、おちあう場所を、不慣れな大阪に設定したのであった。

できるかぎり観光したいという母本人の希望もさることながら、私もまた、短い日程に、あらゆるメニューを詰めこみたいという、謹厳実直貪欲《どんよく》な日本人の血がサワいだのだった。

翌日からは、出雲大社だの鳥取市内観光だののスケジュールがぎっしり詰まっていて（詰めたのも、他ならぬ私だが）、とても宍道湖畔を優雅に散歩することはできない。しかし、せっかく小泉八雲《こいずみやくも》が絶賛した宍道湖の近くにゆくのだ。ひとめ湖をみせてあげたい。

燃えおちる赤い夕陽《ゆうひ》をながめ、湖をわたる秋風をホホに感じながら、母娘旅行の初日を印象的にかざりたいと、心中ふかく期するところがあったのだった。

なのに、七時すぎに空港到着となると、宿に着くのは八時前後。宍道湖一周の遊覧船どころのさわぎではない、冷たい料理が待っているだけになってしまう。

（最初から、宍道湖一周の遊覧船はアキラめておけばよかったんだ。イジ汚く、あれもこれもと欲張って、皇族なみの分刻みのスケジュールをたてた私が愚かだった。せっかく、一泊二万の宿をはりこんだのに、うまくして宿入りが八時、冷めた料理が出てくるなんて、あんまりだよーっ。イヤな予感がする……）

湖に執着しながら、一方では一泊二万円の宿の料理にもかなりハゲしく執着していた私は、このとき、たしかに一抹、二抹、三抹の不安を抱いたのだった。

「あーら、サエコ。待たせたねえ」

およそ三時間後、母は興奮のあまり顔をテラテラさせて、サクララウンジに現れた。

ＪＡＬの職員につきそわれた母は、パニックのあまり躁《そう》状態になっているのかと不安になったほど、満面に笑みをうかべていた。

職員にソファをすすめられ、飛行機がおくれたことの謝罪を受けながら、母はどこまでも幸福そうだった。

「いろいろご予定もおありだったでしょうが……」

という職員に向かって、

「まあ、世の中にはいろいろ、ハップニングがありますわよねえ。千歳でもこっちでも、よくしていただいて、えーえ、もう、そんな気にしないでくださいな」

などと上機嫌で頷く母は、べつに躁状態になっているわけではなかった。ただ単に、職員にていねいに扱われつづけて、気分がよくてならないのだった。母が顔色を変えたのは、無料サービスのコーヒーをさしだされたときだけで、

「エッ、こんなもの注文しないのに……」

と怯《おび》えたように呟き、母がなにに怯えているかをアウンの呼吸で察した私が、

「お母さん、それ無料よ」

と囁《ささや》くと、母はまた幸福な婦人にもどり、美味《おい》しそうにブラックのままでコーヒーをすすった。母はダイエットのために、コーヒーはいつもブラックなのだった。

札幌↓大阪↓米子という予定のご婦人が、母と同じ便に、たったひとり、乗り合わせ

ていらした。鮮やかなセリーヌのスカーフで胸元をかざり、どう見ても合計十グラムはありそうな、本物のゴールドのボリュームのあるイヤリングが耳朶《みみたぶ》をおおい、しっとりとした藤色のアンサンブルはシルクニットで、とどめは昔の八千草《やちぐさ》薫《かおる》に似た容貌の、四十半ばから五十近い、アッと息をのむほどの美人の中年女性であった。

彼女はひかえめに母のとなりに座り、私と目が合うと、にっこりと笑って会釈をした。

「お嬢さまたち、今夜は玉造温泉ですって？　せっかくのご旅行なのに、大変ですわね」

という声は、よく訓練された――プライベート以外の場で、相手の目をみてしゃべる経験をもっている人間のもので、いわゆる〈働いている女〉の話し方だった。

（うーん、公務員とは思えない。アナウンサーか。最近、札幌でも、東京の支店とはちがう地元の広告代理店とかあるから、そこの女性スタッフとか……）

と思っていると、母がニコニコして、身をのりだして、

「こちらはね、サエコ。ご実家が鳥取で、二十年前に結婚して札幌にきて、不動産をやってらしたんだって。ご主人がなくなってからは、不動産のお仕事つづけながら、月に半々で、札幌と鳥取をゆききしてるそうよ。ねえ、奥さん」

なにも知らない娘に、旧知の友人を紹介するように、ゆるゆると話しはじめたのだった。

いつのまに、そんなヨソさまの身の上を、微に入り、細を穿《うが》って……とあっけにとられる私を尻目に、母は大きくタメ息をついて、八千草カオル夫人に向きなおった。

「でも、女の身で不動産なんてやって、奥さん、おエラいんですのねえ。そうやって、世の中でモマれてるから、飛行機が飛ばなくても、堂々としてますのねえ。あたしはダメ。もう、あわてちゃって」

「まあ、そんな……。でも、飛ばないものは、仕方ありませんものね」

「そこがやっぱり、おエラいわ。なれてらっしゃって。だから、息子さんを大阪の大学にもやれるのねえ。あたしにもオトコ孫がいますけど、まだ小学生ですけどね（卜いいながら、ふと遠い目をして）、これが将来、東京だの京都だのの大学にいきたいといいだしたら、淋《さび》しいなあって、今から思ってますんですよ（卜目をしばたたく）」

「そうですか。ウチは大阪に、伯父がひとりいますから、それで気楽で……」

「あら、そうでしたか。サエコ（卜私に向きなおり）、こちらの息子さんが大阪の大学にいるんで、それで、いつも札幌から大阪にきて、大阪で一泊して、ご実家の鳥取にいくんですって。今回は残念でしたわねえ（卜八千草カオル夫人に向きなおり）、息子さんが海外旅行にいってらしてねえ」

「でも、息子はもう、母親なんかうっとうしいでしょうから」

と呟きつつ、八千草カオル夫人がチラッチラッと救いを求めるように私をみるので、私はいにしえのレフェリー沖《おき》さんのように、おずおずと話に割ってはいった。

「お母さん、コーヒーのおかわり、どう？　飛行機おくれて、びっくりしたでしょ」

「ああ、もうコーヒーはたくさん。そりゃビックリしたけど、待合室で説明うけて、乗り継ぎ便をご利用の方はってきかれてさ。そうしたら、こちらの奥さんと同じ行き先なのがわかって、それからはもう、すっかり気が楽になって、奥さんについていけばいいと安心してたからね」

　そういって、全幅の信頼をよせて、八千草カオル夫人をみつめる眼差《まなざ》しは、子どものように屈託がなかった。

　さぞ、母親にじゃれつく子どものように、待合室でもどこでも、八千草カオル夫人に人なつこく話しかけ、またたくまに彼女の結婚歴から息子のこと、実家のことまできだしたのだろうと察せられて、彼女にひそかに同情せずにはいられなかった。

　母はすぐにまた、八千草カオル夫人に向きなおり、

「ねえ、奥さん、さっきの話ですけど……」

　いいかけたとたん、八千草カオル夫人はにっこりと笑って、すらりと立ちあがった。

「奥さま、ちょっと失礼します。実家に連絡するのを忘れてましたわ。お嬢さま、またあとでね」

　さすが不動産を扱っている女性だけあって、その間合いは見事というしかなかった。

これまでは一対一だから逃げようがなかったけれど、ここに実の娘が登場した以上、バトンタッチしていただきますという決然たる態度で、八千草カオル夫人はハイヒールの靴音もたかく、歩いてゆく。ラウンジの出入り口ちかくにある緑電話にはゆかずに、そのままラウンジを出ていった。

おそらく、乗り継ぎ便が確保できるまで、空港内のティールームで、ゆっくり、ひとりでお茶でも飲むのに違いなかった。そうやって、ひとりで時間をつぶすのを苦にもせず、文庫本か週刊誌をめくるのが似合いそうな、素敵な女性であった。

八千草カオル夫人が出ていくのを見送った母親は、ドアが閉まるなり、

「ふーっ。なんか、あの人、お高くとまってる感じしないかい、サエコ。お母さん、ずっと気を遣いっぱなしで、疲れちゃったよ」

シミジミといって、ふかくソファに座りなおした。

「行き先が同じだから、知らん顔もできないと思って、いろいろ話し相手になったんだけど。なんだか、不動産屋っていうのもアヤしい感じだよね。鳥取に、愛人でもいるんじゃないかい」

「………」

母に、悪意というものがないのをよぉく知っている娘の私でさえ、一瞬、絶句するようなことを、母はふとした思いつきで口にするのであった。

この年齢のご婦人は、思ったことを心の中で、再度、吟味するという習慣が、あまりない。さらにまた、口に出したことで責任をとわれる局面にでくわすことも少ない。それかあらぬか、実に思いきりのいい発言をするのであった。

母は差別主義者ではないにしろ、〈夫がいない女↓胡散臭《うさんくさ》い〉〈いいトシをして子どもを産まない女↓体に欠陥があるのではないか〉等々、さまざまな固定観念をもっており、そこから、あらゆる週刊誌的な物語が紡ぎだされてくるのであった。

「ね、きっとそうだよ。だって、札幌に一軒家、鳥取にもマンションあるっていってたけど、普通の女の人が、そんなことできるはずないさ。やっぱり愛人が……」

「そうだねえ。お母さん、昨夜、ちゃんと眠れた？」

内心では、よくぞそこまで、相手の経済状態をききだしたものだと感心しながら、私は唐突に、接続詞をはさむことなく、話題を変えた。

母は一瞬、虚をつかれて絶句したものの、すぐに態勢をたてなおし、

「ああ、もう、ぐーっすり眠ったよ。夜の八時には、ちゃんちゃんとね」

と元気に断言した。私はにっこりと笑って、頷いた。

娘商売をはって三十数年、それなりの年季をつんでいるだけあって、私なりに、対母親の秘技をいくつか蓄積していた。

テーマ性連続性を無視して、話題をとばすことも、そのひとつなのだった。

かつては、せっかく母が気持ちよくしゃべっているのに、水を差すのは人倫にモトるのではないか……と後ろめたい気持ちもあったのだが、最近、私は気がついたのだ。母はもともと、テーマのある、一本スジの通った話をしているのではなく、思いついたこと、ふと頭をよぎったことを、ほとんど呼吸しているように口に出すだけなので、話題がとんでも、一向に傷つかないらしいのだった。

傷つくとしたら、きいてもらいたいグチ（や嫌いな人間の悪口）を遮られたときで、グチを遮られたときの母親は、クラス全員にイジメられた、逃げ場のない子どものような泣きべそ顔になるのだった。

捨てられた子犬のような、縋《すが》るような目になり、そんな淋しい顔をみたくないばかりに、黙ってグチをききつづけて、夜、旅館のトイレで吐いたことが何度かあった。

私はグチをいうのも、きくのも、ほとんど耐えられない弱い、ダメな人間なのだった。グチをいうのはまだしも（↑ここがエゴイストなのだが）、きくのはほんとうに耐えがたく、そんな耐えがたい苦行を押しつけてくる相手を憎んでしまうほどなのだった。

ま、最近は感性がにぶってきたから、だれかを憎むだけの根性もなくなってきて、それはよいのだが、それでもまだ、グチをききながせるほどには修行ができてない。

基本的に、他人のグチをきける人は、相手をよほど愛しているか、かなり距離がとれているかのどちらかだと私は思っているのだったが、たしかに考えてみれば、かつて最愛の人のもらすグチらしき弱音をきくのは、すこしも不愉快ではなかった。

両手で相手の頬をはさみ、じいっと相手の目を覗《のぞ》きこんで、

「でも、本気でそんなこと、思ってるわけじゃないでしょ。あなたには、ちゃんと代案があるのよ。ただ今はすこし、疲れてるだけね」

という瞬間は、いつも、とても幸福だった。なぜなら、彼は私の慰めによって、一時的にでも困難を忘れ、あるいは忘れたふりをして、ほほえみ返してくれるからだった。けれど、そんな幸福な状態はめったにあるものではなく、ましてグチをきくのも楽しい相手と、人生でそう何度も出会えるわけではない。

産んでもらった母親にはまことに申しわけないことながら、母親のグチは、けっして、娘に幸福な瞬間をもたらさない。なぜなら、母はグチをこぼして、私に慰めてもらい、よい気分になって笑いたいと思っているわけではなく、ただ自分と一緒に、傷ついてくれることを（無意識のうちにも、頑強に、ただそれだけを）望んでいるからなのだった。

そうして、それは年齢にかかわりなく、女のグチのこぼし方としては、かなりポピュラーなほうであるのだった。母ひとりが、変わっているわけではないのだった。

私がしばしば不思議に思うことのひとつに、なぜ女は同性に向かって、一緒に幸福になろうと誘うことが少なく、一緒に悲しんでほしいと誘うことのみ、多いのかということがある。不思議だ。同性との人間関係で、幸福を共有するために、連絡してくれる友

人はほんとうに少ない。常に、悲しみや怒りの共有をもとめて、電話のベルが鳴る。私は無類の〝女好き〟ではあるけれど、しかし、それにしても、できない相談というものはある。人がなににによって傷つくかは、あまりにも個人差がありすぎ、その個人差を無視して、ひとつの傷を共有するには、没我の精神というのか、忘我の境地とでもいうべきものが必要であり、おそらく、私はまだ、その境地に至っていないのだった。

ある年齢から、

「わかるわァ」

という女同士の相槌《あいづち》を安易に打つことをやめた私にとって、そうした種類のグチ——ただ黙ってきくだけでは許されず、ともに傷つかなければOKが出ないグチの相手に指名されるのは、たいそう苦痛なのだった。つい替え歌で、♪グチいう前に、お金をちょうだい〜と、美川憲一《みかわけんいち》さんの名曲を心の中で歌って、ウサバラシするしかないのだった。

とはいえ、それは同年齢の人間関係のこと、相手が母親となれば、たいそう苦痛だといって澄ましているわけにもいかず、かといって、♪お金をちょうだい〜と歌うわけにもいかず、なかなか苦しい人生なのだった。

それはともかく、今回の場合は、母がグチをいっているわけではなかったので、唐突に話題を変えても、母を傷つけなくてすんだのは幸いであった。

「夜の八時にねて、朝の五時には目がさめて、庭の掃除したよ。おまえはどうなのさ」

「うーん。仕事やなんかで、ちょっとね」

「また、徹夜なのかい。困ったねえ。あいかわらず痩せてて、ちゃんと御飯、食べてるの。お母さん、最近ね、ドクダミ飲んでるの。ドクダミはいいよ。おまえも飲みなさいよ」

「ふうん。ドクダミって、最近、流行《はや》ってるよね」

「そうなのかい。お母さんは、ほら、お向かいの××の奥さんにススメられてさ。最初は薬局で買ってたんだけど、なんかねえ、店屋で買うものなんて、ナニ混ざってんのかわかんないしさ。××さんの奥さんと、△△の奥さんに教えてもらって、森に採りにいってるのさ」

「森って、どこの」

「自然公園のさ。あそこに、ドクダミもオオバコもあるんだよ。摘んできて、水につけてゴミをとってね。そのあと、三日くらい干して、ハサミでちょきちょき切って、お茶っぱにするの。それを煎《せん》じて、毎日、飲んでるよ」

「へーえ、エラいね。そういうのは、いいね。うちにさ、ドクダミハチミツワインてのがあって、買ったはいいけど、ほとんど飲んでないから、今度、送るわ」

「ふうん。ドクダミのワインねえ」

いつのまにか、和気あいあいと薬草談義にうつりゆき、母はすっかり八千草カオル夫

人＝愛人説を忘れてしまったようであった。それはよいことに思えた。ずっと不安ばかり抱えてきた私は、ようやく、

（今回の旅行は、いい調子ですすむかもしれない。最初にガツンと飛行機がおくれて、かえって厄落しになったかも……）

と、この旅行にあえかな期待を抱いたのだった。記念すべき第一日めの宿泊地、玉造温泉の、一泊二万円の某旅館に着くまでは。

ゴングはすでに鳴っていた

〈衣食たりて礼節を知る〉というのは、たしかに、一面の真理をついているのだった。

学生のころ、ユースホステルや、父親の勤め先の共済組合の旅館を泊まり歩いてチープな一人旅をしていたとき、私はめったに父母《チチハハ》を思いださなかった。明日、歩く予定地の地図をながめ、どのお寺をみよう、あの博物館にゆこうとワクワクしていた。

初めて、旅先で父母《チチハハ》を思いうかべたのは、学生は学生のころでも十数年前、とある小説の賞をいただき、出版社もちで上京して、出版社が用意してくれた某ホテルに泊まったときであった。

部屋にあるカバーのついた案内書みたいなもの、あれをつれづれなるままにめくっているうちに料金表が出てきて、腰が抜けそうになった。食事ナシの一泊料金が、堂々、一万円台だったのだ。そのころの私にとって、それは驚嘆に値する料金だった。

〈ああ、きっとお父さんやお母さんは、今まで、こういう正規料金で泊まるホテルなんかに、泊まったことがないに違いない。親が泊まったことのないとこに泊まるなんて、あたしって、あたしって、今、最高にゼータクしてる！）

感激と後ろめたさがないまぜになりながら、帰ったときの話のネタにするために、料金表を逐一メモったのだった。

それまで、わが家は家族旅行といえば、まず父親の勤め先の共済組合の宿をさがすことから準備がはじまっていた。

適当な温泉や観光地に、共済組合の宿があるかどうかをさがし、その宿の予約がとれた段階で、家族旅行が決定されるのであった。そうした宿の多くは、温泉のお風呂も小さく、ヘタするとひとつ風呂を、時間差攻撃で、男女で入るような宿もあった。それでも、私たちイナカ家族は満足して、とても楽しかったし、幸福だった。

そういう旅行ばかりしていたから、一泊・食事ナシ・一万円台のホテルにはほんとうに驚かされたのだった。

さて、その後遺症なのであろうか、その後、いくつか温泉めぐりをして、そこがとてもおちついた、しっとりした雰囲気の日本旅館だったり、露天風呂がみごとだったり、内風呂がひろびろとしていたり、建物はふつうでも、料理がおいしかったりしたときは、パブロフの犬のように、ふと父母を思いうかべ、

（うーむ。共済組合の温泉旅館じゃない、こういう正規の料金で泊まるような、サービスのいい旅館に、一度、連れてきてあげたいもんだ）

と、なんだかイヤに正規料金にこだわるようだが（実は、ソコにこだわっているのだが）、思ったりするのだった。

それは私が親思いだというのではぜんぜんなく、要するに〈共済組合の宿に泊まる家族旅行〉ばかりだったせいで、家族でフツーの旅館に泊まるというイメージには、なにか果たされなかった遠い約束のように、ココロ打つものがあるのだった。

九州の湯布院《ゆふいん》に泊まったときも、露天風呂のみごとな宮城県の作並《さくなみ》温泉に泊まったときも、部屋もうつくしく料理もおいしかった石川県は山中《やまなか》温泉に泊まったときも、（今度、こういうとこに連れてきてあげよう。びっくりするぞぉ）

と思うのだったが、出無精の父は問題外としても、出歩きが大好きな母でさえ、いざ〝本州〟となると、孫の世話があるの町内会の役員がどうの講習会がどうのと理由を並べて、動こうとしない。

いっそ海外旅行となると腹もすわるのだが、温泉旅行となると、やはり北海道のほうが気楽らしいのだった。

しかし、北海道の温泉は、たしかに湯量も豊富で、食べ物の素材もよいけれど、そのぶんだけ〈素材で勝負！〉の素朴さで、おおらかなぶん繊細さに欠けている。私としては一度、母を、そんなに突出した豪華旅館でなくてもいいから、建物も料理もサービスもバランスのとれた、いわゆる〈おちつける日本の宿〉に連れていきたいと思っていた。

そうして、今回のご先祖さま探訪ツアーは、そろそろ母娘《ハハコ》旅行にも慣れた私たち母娘にとって、そういう旅館に泊まる絶好の機会のように、ああ、私は思っていたし、願っていたし、そのつもりだったのだ。

さて、私たち母娘が、鳥取の米子空港についたのは、夜も七時近かった。

私はロビーに出るやいなや、緑電話に走った。

到着が遅れるとわかった段階で、すぐに玉造温泉の某旅館に連絡を入れておいたのだったが、今、米子についたことを知らせて、旅館の負担を少なくしようと思ったのだった。

最近は客室係のオバサンを確保するのも大変で、夜の八時にはパートのオバサンが帰ってしまうことも多いし、フトン敷きのオジサンの確保もむつかしい。

だから、いざとなったら部屋に食事をセットしておいてくれてもいいし、フトンを敷いておいてくれてもいい——と、告げるつもりだった。

しかし、電話がつながった瞬間、私はショックのあまり、絶句した。

電話の向こうからは、えらく陽気なカラオケの『津軽《つがる》海峡冬景色』が流れているのだった。歌っているのは、あきらかにお酒の入ったオジサン数人であった。エコーがばんばん利いて、いや、実に楽しそうな『津軽海峡冬景色』なのだった。

（ま、まさか、団体客専門のカラオケ旅館だったのか!?　平日、一泊二万円の旅館が!?)

受話器をもつ手が、ぶるぶる震えてしまった。

前述のごとく、私は今回の母娘旅行のメインテーマを、〈おちついた日本の宿で、マヨネーズのかかったエビフライや、衣のおおきいトンカツがずらーっと食卓せましと並ぶ定番料理ではなく、こぢんまりしていても、品数が少なくても、お味のよい料理を食べる旅〉に設定していた。

そうして、大阪の伊丹《いたみ》空港内サクララウンジで、すでに料理に関しては、なかば諦めていた。どんなにおいしい料理でも、冷めてしまえば、その価値は半減する。あとはもう勝負をかけるとすれば、旅館のたたずまい、これ一点であり、私はそこに希望をつないでいたのであった。

なのに、カラオケのエコーが響いてくる! しかもフロント近くで、こーんなにはっきりと!

カラオケには罪はない。罪はないが、しかし、そのときの旅行テーマとは真っ向から対立するものなのだった。

あとから考えれば、ちゃんと旅行代理店にいって、宿の内容をこまかく打ち合わせておけばよかったのだ。なまじ、これまでの経験からして、ガイドブックの書き方や、料金から、それなりの類推がきくというオゴリがあった。

さらに、予算をもっと上げておけば間違いはなかったのだが、しかし、一泊二万円は、私の金銭感覚からみて、それなりのレベルなのだった。それ以上を出すとすれば、それはハッキリと〈豪華なお大尽旅行〉という別テーマになってしまう。

私自身が旅行するときでも、一泊二万円が相場であって、それで苦労した覚えもない。いくら母が一緒だからといって、突然、大盤振舞《おおばんぶるまい》するほうが恥ずかしい。

平日、一泊二万円は、どこからみてもリッパな料金だし、その結果、〈団体客〉〈カラオケ〉といったイメージは、そのときまで、私の辞書にはなかったのだった。

しかし、受話器をにぎる私の衝撃など吹きとばす勢いで、向こうからは、♪風の音が胸をゆする、泣けとばかりにぃ〜と、やっぱり陽気な合唱が響いてくる。

「あ、あのう、私たち、米子について、これから、そちらにいきますけど……」

「じゃあ、こっちにつくの、やっぱり八時すぎだねー。料理とか部屋に入れとくから」

電話の向こうで、忙しそうにいうオジサンの声も、館内から響いてくるカラオケのエコーにかき消されがちであった。

受話器をおいて、ふり返った私の顔をみて、

「どうしたんだい。遅くなって、泊めてくれないっていうんじゃないだろうね」

さすがの母親もびっくりしたらしく、心配そうにいう。

「違うけど。なんか、どうも団体客専用の旅館みたいで……。だけど、電話で問い合わせたとき、母を連れていくので、しずかな純和風の宿がいいんですが、おたくさまはどうですかって、聞いたのに……」

つのる不安と絶望のために、声もとぎれがちになる私とはウラハラに、母親はなにをワケのわからんことをいっておるのかという、北海道人特有の合理的な表情で、

「さ、泊めてくれるんなら、さっさといこうよ。お母さん、お腹すいちゃったよ」

という。そうだ、なにはともあれ早く旅館にいこうとタクシー乗り場に向かうと、今度は母親が顔色を変えた。

「サエコ、タクシーでいくのかい。ここから、その旅館まで、どのくらいかかるか、わかんないのに」

「バスなんか待ってたら、一時間たってもつかないから、タクシーでいくよ」

「だけど、そんな贅沢《ぜいたく》な……」

といいかけた母親は、ふと黙った。今から思えば、カラオケにショックを受けていた私の形相はただごとではなく、さすがの母も迫力負けしたらしいのだった。

私たちはタクシーに乗っている間じゅう、ほとんど無言だった。母は、けっこう遠いらしい旅館にゆくのにタクシーを使うというのが生理的に苦痛のようで、一方の私は、

(この数年、自分の一人旅でも、こんなハズレはなかったというのに。しかし、どうし

て一泊二万円の旅館が、カラオケなんだ……）

考えれば考えるほど、自分のヨミ違いとツメの甘さが悔しくなってくるのだった。

「ほら、お客さん。右側に、中海《なかうみ》がみえるよ」

運転手さんは、耳にやさしい響きの言葉で話しかけてくれ、ふとみると、もう真っ暗にちかい車窓の向こうに、ほんのわずかの街灯を反射して、きらきらと光る水面がみえた。

「まあ、中海ですか、これが」

第三者がいると、いっきに世慣れた奥さんぶりっこをする母は、もちろん中海のなんたるかを知らなかったのだが、とっくに知っていましたという万事のみこみ顔で、身をのりだした。

「まあまあ、キラキラ光って。サエコ、ほら、なんだか函館に似てるねえ」

「……うん。似てる、かもしれない……」

なによりも経験を重んずる母は、なにか、コトがあると必ず、かつて自分が見聞きしたものの中に、前例をもとめる性癖があった。この場合、海、というただ一点をもって、函館という地名が出てくるのだった。

「へえ、お客さんたち、北海道にいったことあるの。いいねえ、おれも一度、いってみたいね」

話好きな運転手さんらしく、気軽にいう。

「いーえ、あたしは北海道からきたの。娘は東京ですけどね。ねえ、運転手さん、久原ってとこ、知ってますかね」

「クバラ？　さあて……」

「そこが、うちのご先祖さんの住んでたとこなの。明治十七年に、あたしのお祖父《じい》さんがそこから北海道にきたんですよ。そうなの（トあたりをみまわす。もちろん暗くて、ほとんどなにもみえないが）。こういうところから、北海道にきたんですねえ」

車はとうに、島根県内に入っているのだったが、鳥取も島根も関係ない母は、ここいら一帯が、漠然と、ご先祖さまの出身地だと思いさだめ、しみじみという。

うちのご先祖にあまり興味がないらしい運転手さんは、あやふやに黙りこみ、しかし母は現地にきているという感動で、にわかに気分が盛り上がっていくようだった。

母がひとりでシミジミとし、運転手さんは黙々と運転し、私がひとり、宿のことでヤキモキしているうちに、タクシーは玉造温泉についた。

温泉街の真ん中を、小さな川が流れ、その両脇に宿屋やみやげ物屋が並んでいるところを、タクシーはゆるゆると走り、とある旅館の車寄せに入っていった。

「あああ……」

タクシーから下りた私は、思わず、タメ息をもらした。

ずいぶん広い門があり、門から旅館の入り口の前まではけっこうなスペースがあるのだったが、そこに並んでいるのはまぎれもなく、団体旅行客用のバス数台であった。コウコウと灯のついた玄関は、もちろんタタキを広くとった和風ではなく、銀行のようなガラスドアで、土足でフロントのところまでゆく段取りになっている。ドアの近くには、例の〈歓迎　○○さま〉という黒板みたいのが立ち、ざっとみただけで六件もの団体さんが入っているのであった。

館内に入ると、とたんにカラオケの音がわっと響いてきた。宴会場が一階にあるらしいのだった。

フロントで手続きしているあいだ、浴衣姿のオジサンたちがウロウロと歩きまわり、玄関横の緑電話のところでは、

「だから、明日の九時には、こっち発《た》つから。いや、三十九人でふたり欠けたけど……」

どうやら会社の宴会の幹事役らしい人が、はだけた浴衣の胸に片手をつっこみ、ボリボリ腋《わき》の下をかきながら、懸命に段取りしている。いっそ気持ちがいいほど、団体客向けというコンセプトがしっかりしている旅館なのだった。

手続きを終え、お部屋さんに案内してもらいながら、

「ここは団体さんが多いんですか」

おそるおそる尋ねると、

「そうですね。うちは、ほとんど団体さんですね」

お部屋さんはあっさりと答えた。その口ぶりからして、それはまったく当然のことであるらしかった。私の頭の中を、ふっと、素朴な疑問がよぎった。

（電話で問い合わせたとき、純和風の旅館が希望ですが、おたくさまはどうですかっていったら、ウチは和風ですよっていってたのに。これのドコが和風なんだろう……）

鉄筋コンクリート建ての、廊下には薄くて赤いカーペットが敷いてあるものの、その下はあきらかにコンクリート床で、階段の手すりも事務所のビルのようなアルミようのもので、和風の根拠がわからないのだった。その謎は、部屋に入ったとき解けた。なるほど、部屋は畳敷きだったのだ。六畳間、次の間ナシの。まぎれもなく、和風であった。

テーブルにはすでに、料理が並んでいた。陶板焼きや、固形燃料の一人前の鍋ものなど、よくある旅館の定番料理のほかに、ひからびたようなカニがそれぞれに一パイずつ、ついていた。そういえば、料理にはカニとか付きますかとしつこく問い詰めたけど、たしかにカニは付いてるなあと、私はサビしく、ハハハと笑った。

せめて、ひと風呂あびてから食事をしたいところだったが、すでにその段階ではなかった。すぐにも食べないと、食べてるところに、フトン敷きのオジサンがきてしまう。

私たち母娘は、すぐに浴衣に着替えて、テーブルをはさんだ。

それまでの経験だと、お互いに向かいあってハシをもつやいなや、母は孫のこと、父のこと、姉夫婦のこと、ご近所のこと、親戚のこと、美容院でよんだ週刊誌のことなどをどっと話しだすのだったが、そのときの母は思いのほか、静かに食べはじめた。

やはり、思ったような旅館ではないとガッカリしてるのだろうと察せられ、私も無言で食べた。冷めた料理は、やはり、そんなにおいしくなかった。

「こんな、ひとつ、まるまるのカニ、どうやって食べるんだろう」

しばらくして、母が心細そうに呟いた。

「どれ、貸して。身をほぐしたげるから」

私は言葉すくなに、茹《ゆ》でたあと、ずいぶん経《た》ったであろう冷たい丸ごとのカニを、自分のところに引き寄せた。

丸ごとのカニ足には、うっすらと切り跡が入っているものの、カニ用串をもってしても、なかなか、ほぐせなかった。私は力まかせに足をひきちぎり、一本一本と格闘して、身をこじりだした。肉はパサパサしていた。

ふと、かつて加賀《かが》温泉郷にいったとき、越前《えちぜん》ガニが出てきて、その旨《うま》かったこと、その盛りつけの美しかったことを思い浮かべ、悔し涙が浮かびそうになってきた。

一人旅のときは、当日、あてずっぽうで旅館に電話しても、あるいはタクシーの運転手さんに紹介してもらっていった旅館でも、なぜか不思議とアタリがよいのに、よりにもよって、〝思いもうけて〟母を旅行に連れ出したときに限って、どうして、こういうことになるのだろうか。

けっして、その旅館が悪いのではない、こちらが一方的にイメージを盛り上げすぎていたのだとわかっていても、それでも運命の皮肉さを思わないではいられないのだった。

話がはずまないまま三十分くらいで食事を終え、私たちは浴場にいった。

帰ってくると、おフトンが敷かれていた。その部屋には、和室横の、テーブルに椅子を二脚おくようなベランダのスペースもなかったので、私たち母娘はフトンの枕元にすわりこんで、ビールをあけた。

母はほんのひと口のんでから、ほんのりと赤らんだ頰をおさえ、ふうっと吐息をして、

「ああ、いいお湯だった。ビールもおいしいし」

と心底、嬉《うれ》しそうにいった。私はなんだか、たまらなく哀《かな》しくなり、

「ごめんね。こんな騒々しいとこで。予約したときは、こんなだと思ってなくてさ」

しょんぼりというと、母はびっくりしたように、

「なにいってるのさ。にぎやかで、楽しいっしょさ。カニもおいしかったしね。毛ガニじゃないカニ食べたの、何年ぶりかね。サエコにほぐしてもらって、ウレシかったよ」

とやっぱり心底、嬉しそうにいうのだった。

これはどうも泣かせるセリフじゃないか、私の気分をひきたてようとして、無理して

るのではないかと横目で窺《うかが》ってみたのだったが、どうも、そういう気づかいではないようで、ちびちびとビールをのんでいる。

私もようやく気持ちがほぐれてきた。思えば、その旅館はそんなに悪い旅館でもないのだった。すくなくとも、夜の八時に到着しながら、

「おフトン敷かなきゃならないから、はやく食べてくださいね」

とはいわなかったのだ。それは、やはり見識のある対応というべきなのだった。

「それより、サエコ。明日の出雲大社の観光、まさかタクシー使うんじゃないよね」

母は、身のパサパサしたカニよりも、耳をすますと一階のカラオケがちゃんと聞こえてくる部屋よりも、それが気にかかるのだといわんばかりに、いった。

「大丈夫。ちゃんと観光バスを予約してあるから」

カラオケ団体旅館のショックから、ようやく立ちなおった私が、力づよく請け合うと、

「そうかい。おまえは、なんでもテキパキやるね。だけど、女はすこしヌケてるほうが可愛《かわい》げがあるのにねえ。ほら、○○さんとこの××ちゃん。あの人、お見合いで大学の助教授と結婚したんだよ。ボーッとして、気のきかない子だったけどね。お婿さんは、そこがいいっていったんだって。やっぱり、女ははしっこくテキパキやるより、あなた任せのほうがいいんだよ。それにしても、いまどき、見合いで助教授と結婚できるなんて、あの人も運がよかったよねえ。おまえと三つしか、トシ違わないのにねえ……」

はや母は本領を発揮しはじめ、私に睨《にら》みつけられて沈黙した。そう、娘が少しでも気をゆるめたとたん、ただちに、自分の土俵に話をもちこむのが母親であったのだ。

「サエコにほぐしてもらって、ウレシかったよ」

のひとことに、ホロリとしてる場合ではないのだった。

それにしても〝見合いで大学助教授と結婚した××ちゃん〟の話は初耳で、これが、今回の旅行の母のかくし球であったのか、と愕然《がくぜん》とする思いだった。ご先祖さま探訪ツアーとはいえ、もちろん、この永遠不滅のテーマを母が忘れるはずはなかったのだ。

おそらく、この旅行中、あと二回は〝見合いで大学助教授と結婚した××ちゃん〟を話題にするに違いないと、私はそのとき確信した。娘が旅館や料理なんかにヤキモキしている間に、ゴングは、すでに鳴っていたのだ。

私はなぜ恋愛問題で常に冷静なのか、について

さて、私たち母娘《ハハコ》は、ご先祖さま探訪ツアー、別名、島根観光ツアーへと旅立ったのであったが、初日の、団体客専用・カラオケ旅館の夜、にわかに浮上した〈見合いで、大学助教授と結婚できた××ちゃん〉関係の話題は、私のなかのクラい記憶をよびさますに充分なものであった。

これについては、長い長い、涙と怒りの歴史があるのだった。その前段となったのは、私が二十五歳の冬であった。

学校を卒業してから家を出て、札幌で暮らし、二十四歳から二十五歳の秋まで、仕事の都合で京阪神に移っていた私は、その年の秋ふかまる十月、札幌に戻ったのだったが、その引っ越しのゴタゴタのさなかに、母からしきりと電話が入った。私の手形がほしい、というのであった。

たまたま生まれたばかりの甥《おい》っ子の手形足形をとり、それを神社のセンセイにお祓《はら》いしてもらったのだが、そのとき、

「ふっと、おまえの健康のことやら、いろんなことが心配になってねえ。おまえのことも、お祓いしてもらおうと思うんだよ。だから手形がほしいの。親心だと思って、親孝行だと思って、手形をちょうだい」

というのだった。わが母方は神道系創唱宗教の黒住教《くろずみきょう》であり、母の実家はことあるごとにお祭りのある家だったから、手形のお祓いというのも、よくわからないながら、なにがなし、説得力のある話ではあった。

私には、これといった宗教心はないのだったが、生まれ育った環境がものをいい、神社に奉納するだの、センセイにお祓いをお願いするだのといわれると、そういうオヤの宗教心は尊重しようという、いかにも日本人的微温的妥協的な心境になるのであった。

引っ越しの整理がついたら送るから、と答える私に、電話口の母はひどく切実な声音で、

「いろいろ都合もあるから、今度の日曜日までに送ってちょうだい。頼むから」

といい、おそらく宗忠《むねただ》神社のセンセイのご都合もあるのであろうと察した私は、墨汁と筆と半紙を買ってきて、墨汁をべったりと手の平に塗り、半紙に手形を押して、母に速達で送った。

そんなことも、すっかり忘れていた一ヵ月ほど後の昼の二時すぎ、ふいに母から電話があり、なにがなんでも今すぐ、北海道の某テレビ局の奥様番組を見ろという。母の声

は悲愴《ひそう》にうわずり、ほとんど悲鳴のようだった。

「ど、どうしたのよ。親戚のだれかが酔っぱらい運転とか、刑事事件おこしたの？　なんなのよ」

「いいから、絶対、見てね。絶対だよ」

母は一方的に叫び、受話器を叩《たた》きつけるように切った。私はあわててテレビにとびつき、その奥様番組をつけた。

番組は、なにやら、山から下りてきたキタキツネ母子の話題をのんびりと語り、ＣＭのあと、十二支占いと人相占い、手相占いの（地方的）権威、○○センセイの温顔がアップで映しだされた。そのセンセイの卦《け》は当たるというので、私が学生のころから、そのセンセイの占いコーナーがある木曜日は、母はいつも真剣な表情で、

（テレビにかじりついてたなあ、そういえば）

とぼーんやり思いだしていたとき、ボードに何枚かの手形を日めくりカレンダーのように張りつけたものが、しずしずと運ばれてきた。

番組の司会者が、にこやかにテレビ画面の中央、手相ボードの横に立って、

「さあ、では視聴者のご相談コーナーです。まず最初の方」

といった。そのとたん、電話を通した婦人の声がテレビ画面いっぱいにひびき、なにやら嫁姑《しゅうとめ》の問題を、泣きそうな声で語った。

手相ボードをはさんで、司会者と反対側に立っていた○○センセイは、うむうむと頷《うなず》きつつ聞き入り、やがて、おもむろに指揮棒のようなものをもち、ふたつの手形が押された半紙を指し示しながら、

「あー、これはね。む、相性が悪い。こんな相性の悪い手形は、めずらしいなあ。あなたね、あなたは正しいことが好きな人です。お姑さんも、これは正しいといって譲らない。そうでしょう。む。しかしね、世の中には、正しいこと善ならず、ということがある。む。これをじっくり考えることだ。善とはなにか。人を思いやる心である。うむ」

などと、いにしえの〝指圧の心は母ゴコロ〟のセンセイのような愛嬌《あいきよう》と威厳のある声で、ジュンジュンと諭すのであった。まぎれもない、手相による人生相談であった。

私はまだよく事態が把握できないまま、テレビ画面を眺めていた。なにゆえ、母はこの番組を見ろといったのか。

唯一、思いあたるのは、一ヵ月ほど前、母のたっての願いによって、母に送ったはずの――宗忠神社のセンセイにお祓いを頼むはずの、自分の手形のことであった。

（あれって……まさか……）

茫然《ぼうぜん》としているうちに、二、三の相談が続き、そのたびに張りつけた手形の紙が、てぎわよく、サッサッと引き抜かれて、新たな手形が現れてゆく。

やがて、何人めかの相談者の声がひびき、そろそろ時間がなくなってきたのか、司会

者が要領よく、相談内容を先に語った。

「えー、次は、娘さんが二十五歳で、ぜんぜん結婚問題をまじめに考えないので、悩んでいるお母さまからのご相談ですね。お母さま、てぎわよくお願いしますね」

司会者にクギを刺されたのがきいたのか、それとも興奮の極致にいるためか、電話を通してスタジオ内にひびく声は、カの鳴くようなかぼそいもので、気の毒なほど、はっきりと震えていた。

「あの、あの、そういうことなんでございます。よろしく、○○センセイの占いをお願いしたいんでご、ございます……」

私はもちろん、テレビの向こうの手形にじっと目をこらした。しかし、これも親孝行のひとつだと割りきり、お気楽に押した自分の手形など、とても覚えていないのだった。

「あー、この手形ね。む、この人は商売やると繁盛するよ。こりゃ、結婚なんて考えないだろうねえ。水商売、堅気《かたぎ》の商売、どっちでも向いておる。む、この人はね、男っけがなかなかないねえ。男みたいな性格しておる。しかし、まだ若いんだから。二十八か九に、良縁があるんじゃないかな。む、そういう線が出ておる」

「出てますかっ！」

思いあまったうわずり声が、スタジオ内に——テレビ画面いっぱいに溢《あふ》れた。その声があまりに切実であったからであろう、人生を知り尽くしたようなカップクのよい○○

センセイは、ウムと重々しく唸《うな》り、

「これはね、お母さん。お母さんも悪い。娘さん、いま、いくつでしたっけ？」

「は、はい。二十五でございます」

「まだまだ若いじゃないですか。お母さんが気がアセるから、いけない、うむ。お母さん、あなたはね、声から占うところ、感情がゆたかで、しかし思いこみが強いんだなあ。それが、自分の心を縛っておる。気をね、こう、おおらかにもつことですよ。そこに、おのずから道もひらける。む。お母さん、気をラクになさい。わかりますか」

「は、はいっ。ありがとうございますっ！」

相談主のご婦人は、ほとんどセンセイのいったことを理解していないようなうわずり声で、噛《か》みつくようにいい、いつも笑顔の司会者は、

「そうですね。お母さん、気をラクにもってね。では、次の相談者の方」

とおだやかに番組進行をしていった。私は私は……——私はテレビの前に茫然自失して座りこんでいた。

電話を通すと、ただでさえ人の声はかわるもの、正直なところ、私にはまだ判断がつかなかった。しかし、あまりにも相談内容がわが身と酷似している点、しかも手形……。私は激しく混乱し、怒っていいのか、他人《ひと》ごとと笑っていいのか、わからなかった。

我にかえったのは、電話のベルが鳴ったからであった。受話器をとると、いくぶん興

奮が醒《さ》めたものの、まだ震えている母の声が流れてきた。

「サエコかい？　見てた？　なんか、お母さん、緊張しちゃってさ。エヘヘ」

「………」

そのころの私は、充分に若かった（今も若いが）。〃我慢〃という言葉は辞書になく、嫌いな言葉はと問われれば、即座に、

「〃清濁あわせのむ〃というのが、だいきらいっ」

と叫ぶような性質の人間であった。私は怒りのあまり、すぐには声が出ず、出たときは怒鳴っていたのであった。

「お母さんはね、あたしのことを考えてるんじゃないのよ。自分がこうあってほしいっていう願望を、娘に押しつけてるだけなのよっ。お嬢大学にやって、周囲に自慢できるような夫をもってほしい。それだけなんだ。お姉さんが結婚して、孫もできた。あとは下の娘だと思って、こういうバカなことやるんだ」

「だって、サエコ、お母さん、心配だからさ。親だからさ」

「あたし、お母さんに迷惑かけてないでしょ。借金ひとつ、頼んだことないでしょ。どうして心配なら、心配だって、あたしにいわないのよ。突然、テレビに出ちゃうのよ！」

「だって、おまえ、お母さんのいうこと、なんにも聞かないで、大阪みたいなとこ行っ

て、こんなに急に戻ってきたんだって、なにか向こうで、問題あったからじゃないかって心配で……」

「問題なんか、ないって。ただの、あたしの気まぐれなんだって。問題があったのかって聞いてくれれば、ちゃんと答えるって。なんで、なんにも聞かないで、ひとりで思いつめて、ヘンなことすんのよーっ。お母さんはね、あたしを心配してるんじゃないの。心配してる自分の気持ちを、私にわからせようとして、こういうことするの。相手かまわず、自分の気持ちをわからせようっていう、女独特のインケンなやり方なのよ。そして、最後に、あたしの気持ちをわかってくれないとかいって、とんでもないことする女と同じよ。どうして、ちゃんと話し合うっていう手続きをすっとばして、こういうこと……」

「……おまえ、ほんとに理屈ばっかりいって、そんなだから、いつまでたっても結婚できずにいるんだよ」

電話口の向こうの母の声は、心底、悲しげであった。〝理屈ばっかりいう娘〟の行く末を案じ、傷ついているのであった。

「もう、いいわよっ！」

私は怒りのあまりクラクラしながら、受話器を叩きつけるように電話を切ったのであった。

このあと三十分ばかり、私はまだ、さまざまに思い乱れていた。落ちつこうとするそばから、怒りがむらむら湧《わ》いてきて、どうにも腹のムシがおさまらない。おそらく私があれほど激怒したのは、

（いくら娘の結婚が心配だからといって、まず見合い写真をもってくるとか、その前段というものがあってしかるべきではないだろうか。なのに、なぜ、いきなりテレビの人生相談に問題をもちこむのか）

という、その一点が理解できないからなのであった。

これはおそらく、ひそかに夫への不満をつのらせていた妻が、あるとき、妻にとっては決定的な要因があって、もう我慢できないとまで思いこみ、夫に離婚を申し入れるより先に、離婚届けにハンコをついてテーブルの上に置き、夫が会社から帰ったときには、妻は荷物をまとめて実家に帰っていた、そのときの夫の困惑——という図式なのかもしれない。

夫にも、責められるべきところは多々あろう。だが、しかし、なぜひとこと、行動をおこすまえにいってくれなかったかという夫側の青天のへキレキ的衝撃と苦悩の深さだけは、わかるような気もするのであった。

このとき、ゆくりなくも悟ったのは、なぜ、私が恋愛問題などにおいて、

（あの人が、あのとき、ああいったのは、こういう意味だったんだろうか）

（あの人は、あたしのことを嫌いになっているのではないだろうか。本心はどうなんだろう。あのとき、あの人がああいったのは、暗に別れようってつもりだったの？）

といった、いわゆる恋愛心理のウラ読みをすることが嫌いなのか――その私自身の、深層心理についてであった。

かつて、私はある恋愛のはじめのころ、相手の男の子に向かって、

「恋愛は友情とおなじで、自分ひとりの思惑でどうなるってものでもないと思ってるの。だから、ひとりでクヨクヨしたりしたくないし、あなたにもクヨクヨ考えてほしくない。あたしは、あなたがとても好きよ。はっきりいっておく。だから、ヘンな手をつかって、あたしの気持ちを確かめようとしたり、わざと嫉妬させたりしないでほしいの。あたしも、他の男の人のこと話題にして、わざとヤキモチやかせるようなことは、絶対にしない。約束する。不安なことがあったら、なるべくヒスおこさないで、聞くから。あなたも、あたしのことでヘンに考えこんだりしないで、疑問点があれば、ちゃんと聞いてね。ぜんぶ、正直に答えるから」

といい、相手の男の子はこくんと頷きながら、

「そういうことという女って、めずらしいな。冷静っていうか、外国人みたいだな」

とぽつりと洩《も》らしたことがあるのだった。

そのときは、そんなもんかと思ったのだったが、おそらく私は、ひとりでシンシンと

思いこんだ女性のコワさを実感しており、なにはともあれ、相手がいる人間関係で悩むときは、ほどほどでなければいけない、決して、自分だけの思いこみを育《はぐく》みすぎてはいけない、という原則ができていたのだ。実の母のおかげで。

（ともかく、私も学校を出てからこれまで、意地もあったし、余裕もなかったし、親にはいっさい、なにもいわずにやってきたのもマズかったのかもしれない。仕事のことをいえば、グチになるし、グチをこぼせば、だから結婚しろといわれるのがイヤで、なにもかも胸ひとつにおさめてきたから、お母さんもあそこまで、思いこんじゃったわけよ。いや、しかし想像力のある女をほっとくと、なに思いつくか、しれたもんじゃないわ。これからはちゃんとコミュニケーションとらなきゃ。今回のことは許せない、許せないけど、情状酌量の余地アリというところで、二、三ヵ月の絶交のあと、関係修復するか。そのころには、お母さんも反省してるだろうし……）

私のように、カッとなりやすい人間の唯一の救いは、落ちつくのもまた早く、すぐに反省することであった。

まあ、ともかく○○センセイも、お母さんも気をラクにもって……とアドバイスしてくださったのだ、お母さんも考えるところがあるだろうと善意に解釈し、ようよう気持ちが落ちついてきた、およそ一時間のち。

再び、母からの電話があった。母はあいかわらず、興奮していた。

「サエコ、落ちついたかい。それでね、番組が終わってすぐ、テレビ局に留萌《るもい》のほうに住んでるって母親から電話があったんだって。二十八の息子がいるんだけど、一度、写真の交換をして、お見合いしてくれないかっていうんだって。テレビ局の人は、あとで問題がおこったら困るから、ウチは関わりませんっていうの。よかったら、それぞれの電話番号を教えるから、あとは両家でやってくれってことなんだけどね。やっぱりテレビに出ると、違うもんだねえ。こういうことも、あるんだもんねえ。どうする？　写真だけでも送ろうか。だけど、留萌ってことになったら、おまえが結婚したら、留萌に住むことになるんだし、それもどうかなと思って……」

「………」

私は今度はなにひとつ怒鳴らず、語らず、ゆっくりと受話器を置いたのだった。

人間《じんかん》、いやいや人生いたるところ青山《せいざん》じゃなくて戦場あり

さて、二十五歳の独身の娘の行く末を案じたわが母が、神社でお祓《はら》いをしてもらうとまでウソをつき、娘の手形を手にいれて、その手形を奥様番組の手相占いコーナーに送りつけ、みごと出演権（?）を獲得し、堂々、テレビに声だけの出演をはたして、

「娘は、いつ結婚できるんでしょうか」

と結婚相談をしたことは私を激怒させ、およそ半年ちかくの絶交期間があったのだったが、いつのまにか国交修復がなっていた。

怒りは怒りとしてあるのだったが、しかし母にも情状酌量の余地はある。娘が二十五歳という、いってみれば母にとっての〈女の適齢期〉であり（私は関係ナイ）、まだ娘が海のモノとも山のモノともわからない以上、娘の将来のためにも、ここはひとまず結婚を……と考えるのも、

（あの人の論理からすれば、しょうがないか、くそっ）

と私はむりやり、自分を納得させたのだった。

しかし、このテレビ出演の一件は、私を怯《おび》えさせるに充分だった。母は電話をかけてくるたびに、おまえの幼友達の△△クンが結婚したの、高校のクラスメートの××ちゃんが子どもを産んだのと、よくぞ、そこまで情報を集めてこれるものだと感心するくらい、そのテの話題を口にするのだったが、それまで私は、

「あ、そう。それがどうかしたの」

と素っ気なく答えていた。しかし、これがマズかったのかもしれない。

(サエコはぜんぜん、あたしの話をきいてくれない。こんなに心配してるのに)

と思いこみ、とんでもない行動に走ったのかもしれない。ここはともかく、母が結婚の話題をもちだしてきても、ちゃんと話し相手になり、母の不満を解消する方向にもっていくべきである——と私は深慮熟考したのであった。

だから、ひさしぶりに電話をかけてきた母が、イトコの○○が結婚するという話をしても、今までのように切って捨てる態度はとらず、

「ああ、そう。幸せになるといいね。○○ちゃんは優しい、家庭的な人だから」

とオットリいうようにつとめた。

一緒に旅行などしたおりに、ご近所の若夫婦に子どもができたという、いかにもの話題が出てきても、

「まあまあ、おめでたいことね。そりゃ、ご両親もお喜びだわねえ」

とその昔、私が子どもだったころ、近所のオバサンたちがしゃべっていた口調を再現しつついい、おまえはどうなの、という母のツッコミにも、

「そりゃあ、子どもは大好きだしねー。未婚の母でもいいから、子どもはホント欲しいわ。そのときは、お母さん、よろしく頼むわね」

と微妙にテーマをずらしてしまい、いいヒトがいないのという、さらなるツッコミにも、

「あたしみたいな気の強い、家事なんかなーんにもできないオンナ、嫁さんにもらったら、ダンナさんが大変だわ。女らしくないし、ナマイキだしさ」

とスットボけてみせる技術も身につけた。

いってみれば可能なかぎり世間的常識と母の価値観を称揚しつつ、一歩も二歩もへりくだり、妥協的といわれようとなんといわれようと、いわば〝負けるが勝ち〟〝損して得とれ〟作戦というのか、その場その場で相手にあわせたリップサービスをして正面衝突を避けるという、あたかも強硬姿勢のアメリカに対する日本政府の対応のように、のらりくらりとカワすようにしたのであった。

母はそういう私の変化を、

「おまえも世の中でモマレて、いろいろ苦労してるせいか、最近、カドがとれたねえ」

などといい、いっこうに結婚を考えない娘に淋《さび》しさを感じつつも、どこか諦《あきら》め顔にな

っていった。

もちろん、私はときおり、ふと、

(ああ、やだやだ。あたしと結婚したらダンナさんがカワイソーなんて、これっぽっちも思ってないのにさ。こんないい女と恋愛できる男は、日本一の幸せ者だと思ってるのに。お母さんと話してると、どんどん自分が情けない女になっちまうなー。ちくしょー、あたしはいま結婚に関心がないノダ、と。結婚して幸福な人がいるのはいいことだけど、そうじゃない人間もいるノダと。いろんな人間がいるノダということを、どうして、アナタは理解しないのかッ——とドナリつけてやれたら、あああ、どんなにスッキリするだろう)

などと怒りに襲われ、うまく母親と話をあわせる自分のズルさにゲッソリするときもあるのだったが、しかし、こういう処世術を身につけることこそ、オトナの女になることでもあるのだと自らを納得させてきた。

そんなこんなで、私が三十歳になるころには、結婚の話題が出ても、母は妙に諦め半分の口調であり、私もヒスらず、笑いながら相手をするという、かなり平和的な母娘関係ができていた。

だが、しかし、私はやはり甘かったのだ。テキは思わぬ援軍を育てつつ、あらたに私の前に立ちふさがったのであった。

それはかの二十五歳の冬の〝テレビ手相占い事件〟もすっかり忘れはてた数年後、私が三十歳をとうに過ぎた、やはり冬のことであった。

その年の十二月三十一日の大晦日《おおみそか》、母は孫ふたり——私の姪《めい》と甥《おい》を連れて、東京に遊びにやってきた。格安料金の〝ニューイヤーをディズニーランドですごそう〟ツアーにもぐりこんできたのであった。

大晦日に、羽田で三人を出迎えた私は、三人をディズニーランドに案内し、十二歳の姪っ子と、八歳の甥にふりまわされながら、夜の九時まで遊んだ。

翌日もまた、三人が泊まっているホテルに顔だしして、母の希望どおり明治神宮に初詣にゆき、母には破魔矢《はまや》を、姪と甥にはお守りを買って、夕刻、ホテルに戻った。

母は疲れたから昼寝をするといい、そうなると八歳の甥は、

「おばあちゃん、だいじょうぶ？　ボク、いっしょに寝るよ。だいじょうぶ？」

などといいながら隣のベッドに潜りこむ。どうしようもないババアッ子なのであった。

一方の私は、元気いっぱい好奇心いっぱいの姪っ子にネダられて、ホテルのグリルにでかけた。

姪は人目にふれる公共の場のグリルにゆくというので、三十分も洗面所にこもり、お気に入りのリボンを、ああでもなし、こうでもなしと結わえたあげくに、三十路《みそじ》の女か

らみると、そう代わりばえのしない結び方でキメて、うきうきとグリルの席についた。

「○○ちゃん、学校はどう？　楽しいことある？」

叔母さん風を吹かせて私がいうと、姪は大きく頷《うなず》いた。

「好きな子がいるんだァ」

「へー、いいじゃん。手紙とか出したの」

「ううん、電話だよ。毎日、電話するの。だけど、おじいちゃんが怒るんだ。毎日、電話して、なに、そんなに話すんだって」

姪は悔しそうに顔をしかめて、おじいちゃんにはわかんないんだよという。私は叔母バカまるだしで、ニコニコ笑って聞いていた。内心では、

（ああ、この子も好きな子ができて、毎日、電話で話すようになってるのか。この子の人生はもう、始まっているんだなあ。この子の人生では主人公はこの子自身で、おじいちゃんもこの叔母さんも、共演者でさえない、どっちにしろ脇役でしかないんだろうなあ）

なんてことを思い、シミジミとしていた。

自分がある人の人生において、脇役でしかないという事実を味わうのは、ひどく淋しい半面、目のまえが開けてゆくような解放感、浮遊感がある。

世の中には、人の数だけ舞台があるのだということ、生きるってことは主役と脇役を

かわりばんこに演じながら、ときおりは主役の荷の重さや孤独から逃れ、でも主役の高揚感も味わって、最後に自分の舞台で死んでゆくことだなあ、私もせいぜい、この子の舞台で、いい脇役を演じたいものだなあ、せめて舞台を邪魔しない演技で、目障りじゃない演技をしたいなあ、この子は私が死んだら、自分の舞台をときおりは横切った年老いた脇役を思いだして、ちょっと泣くか、その一瞬後には忘れるか、それはわからないけど、でもやっぱり自分の舞台で主役を張って生きてゆくんだなあ、この先、長い舞台だけど、息ぎれせずに主役を張っていってほしいもんだ、ガンバレよ……なんてことを、ほんとにシンミリと思っていたのだった。

なんだかヤケに感傷的ではあるのだったが、こういうことを考えるのは、私が姪の養育にかかわったせいかもしれないのだった。

両親の姉夫婦は共稼ぎで、しかも勤務地がそれぞれ離れていたために別居結婚をしており、生まれたばかりの姪はわが家に預けられ、彼女の養育は、わが母と当時大学生の私の手にゆだねられたのであった。

私はこの〝子育て〟から、さまざまなことを考えた。

自分の腹を痛めて産んだ子ではないから、子育てといったところで実の母の感慨とはまるで違うに決まっているのだが、私が子育てから学んだのは、

（人間は、なんちゅうテマのかかる生き物なんだ）

ということであった。

馬の子は、生まれて数時間で立ちあがるというのに、ガキは八ヵ月たたないとハイハイもしない。三時間おきにミルクを飲んだかと思えば、すぐにオムツを濡《ぬ》らす。濡れたら最後、待ったなしで泣く。飲んだって、すぐにオシッコで出すんだったら、まとめて六時間おきに二倍飲んで、あとはユックリさせてくれと思っても、そうはいかない。

紙オムツができようと、粉ミルクができようと、それは大事の前の小事、赤ンボは圧倒的な人的労力の消費のはてに育ってゆくのであり、

(あたしもつまり、これだけテマヒマかけて育ててもらったわけね)

という、自分の生存条件を再確認させてもらった。

それは親の愛情ウンヌンとは別種のこと、看護婦だろうが乳母だろうが密林の狼《おおかみ》だろうが、ともかく、そういうものなしには一日も生命が維持されない一時期が、人間という生命体にはあるのだという驚きは、かなり衝撃的なことだった。

さらにまた人間は、自分が愛されているかどうか、守られているかどうかに、なんと敏感な生き物であることか。

叔母バカの私は、友人が遊びにくるたびに、自慢の飼い猫を膝に抱くように、赤ンボを抱いて友人に見せびらかしたものだったが、私に抱かれているときは、クウクウ鳩《ばと》のように喉を鳴らして、ウス目をあけて身をまかせていた赤ンボが、友人の手に渡ったと

たん、火がついたように泣きだす。

こういうシチュエイションの場合、おそらく実の母であれば、親の愛に目がくらみ、

（ああ、やっぱり、あたしが産んだ子だわ）

と感激するかもしれないのだが、私の場合は、ああ、むきだしの生き物はなんと自分の生存環境の微妙な変化に敏感なのだろう、ということに感激したのであった。

いつも座っている椅子とは違う椅子に座ると、座り心地の違いが敏感にわかるものだけれど、いってみれば赤ンボもまた、自分を抱く腕の違いに、敏感に反応しているのだ。

それは自分の生命をよりよく維持するための動物的な本能であり、おそるおそるの友人の腕よりは、自分を抱きなれた腕のほうが、より生命が維持されるという野生の王国的な選択のように思えた。

姉夫婦が一週間ぶりにわが家にやってきて、赤ンボを抱きあげると、最初のうち、赤ンボは不安そうに身をかたくして、祖母（この場合、わが母）や私を目でさがす。

私たちが抱きあげると、ホッとしたように、体じゅうでタメ息をつく。

そういうとき、わが母は嬉しそうに目をほそめ、さすがに口には出さないものの、この子はアタシのほうになついていると思っているのがアリアリだったが、しかし、赤ンボの中に、わが母への、より強い愛情があったとは思えない。

赤ンボは、みずからの生存をまかせるにたる、より良好な環境のひとつとして、わが

母や私の腕を選びとったにすぎないのだ。

むきだしの生命にとって、〝愛〟というものがあるとすれば、それはある時期、みずからの生命を維持するための諸条件への執着であり、生そのものへの執着といってよい。それほど、遺伝子にすりこまれた生へのベクトルは強い。

植物でも動物でも、ともかく生命体は、生へと向かう強烈なベクトルがあるのだということを、私はウンチの臭いにまみれながら、ぼんやり考えていたのであった。

さらにまた、誕生した生命がいかに社会化されてゆくかも、まのあたりにした。

はやい話、五ヵ月もすぎるころには、相手が口うつしにいうコトバを片言でいい、周りがワーワーはやしたて、かわいい、すごい、かしこいと褒めると、それをくり返して学習してゆく。

たまたまニッコリと笑い、それが周囲の圧倒的な興味をひいて、抱きあげられたりエサを与えられると、ひとつのしぐさから引きだされる結果を覚え、ふたたび、その結果を得るために、周囲ごのみの、しぐさや表情を身につけてゆく。

わが姪は三歳になるころには、すっかりおしゃまなレディになり、町中で母の知人にであって、

「あら、かわいい。いくつになったの？」

と聞かれると、恥ずかしそうにモジモジするのだったが、だがしかし、それは知人の、

「あらあら、恥ずかしがりやさんねえ。かわいいわねえ」

という賞讃《しょうさん》を得るためであり、実のところ、ちゃんと自分が三歳であり、三歳だといえるだけの知能をもっていることは、私は先刻、ご承知なのだった。

たまたま、姪の周囲の大人たちが、もじもじして恥ずかしがるようすを、かわいい、女の子らしいと褒めるから、そのしぐさを覚えたのであって、もし、ハキハキと答える態度を、しっかりしてるわねえ、かしこいのねえと褒め続けていれば、そういう態度をとったであろう——という類推は容易につくのであって、つまり私にとって、姪の〝子育て〟とは、

（ヒトは、いかに条件によって、つまり環境によって左右されることか。個性だの感性だのたって、どこまで環境や風土によって規定されるか、わかったもんじゃない。ほんとに独自な感性っていうんだったら、それは一度、みずからを包みこんできた環境や社会的条件を再点検した上でないと、ほんとうの意味での独自とはいえないんじゃないか。あたしも自分の考え方や、ものの感じ方なんか、これがあたしだ！　と固執するけど、どこまでがあたしなのか。しらずしらずのうちに何かに対する作用、反作用から反復学習してきたにすぎないかもしれない。何かについて、ひとつの考えをもったときは、もう一度、じっくりと、その考えそのものについて、考えたほうがいい）

なんていう、まあ自己再発見というのは気恥ずかしいものの、そういった、さまざま

なことを考える契機となった貴重な経験なのであった。

こうした感想は、腹をイタめた母親とは違うだろうし、腹をイタめた母親であっても、母親の性格によって、その導きだされてくる結論は、さまざまに違いない。ひとつの映画や本でも、違う感想をもつ人がたくさんいるように、ひとりの赤ンボをめぐっても、私や姉、姉の夫や母が、日々、感じたことは違うにきまっている。それはそれでいいのであって、ともあれ、私は〝子育て〟から、さまざま得るところが大きかった。

そうして、

（あのむきだしだった生命体が、いまや、好きな子がいるという十二歳の女の子として、私の前にいる。ああ、月日の流れるのはなんと早いことか。世界はいのちで満ちあふれ、そのいのちのための舞台を用意して、動いているなあぁぁ）

と、あたかも仏教的というか宗教的ともいえる感動に浸っていた、おりしも、そのときであった。

「おばさん、おばさんはどうして結婚しないのさ」

グリルのメニューの中で、一番やすかったので注文してやったカレーライスをすくいながら、姪は唐突に（姪にとっては、唐突ではないかもしれないが）いったのであった。

「ど、どうしてって……」

「好きな人、いないの？」

「ボーイフレンドはいるわよ、何人か」

「その中のだれかと、結婚できないの？」

「できないのって、あんた……」

姪はぱくぱくとカレーライスを食べ、口のまわりをカレーで汚しつつ、ちらっと上目づかいに私を見た。その目には、同情があふれていた。

「おばさん、プロポーズしてもらえないの？　かわいそうだね」

「か、かわいそう……」

「小説なんか書いて、料理のひとつも覚えないから、やっぱりミリョクがないんだって、おばあちゃんがいってたよ」

「………」

「おばちゃん、結婚できなくて、かわいそうだね。淋しいっしょ。かわいそうだね」

姪は心底、かわいそうな顔つきであった。ああ、その顔つき、その表情こそは、わが母が温泉旅行のおり、

「おまえ、つきあってる人いないの？　編集者の人、編集者の人っていうけど、独身の男の人もいるんでしょ。そういう人はやっぱり、学歴もいいし、女の人もよりどりみどりだから、おまえみたいな気の強いコは、ダメなのかねえ。ひとりくらい、いないのかい。このまま、独りでトシとっていくのかと思ったら、お母さん、おまえがかわいそう

で、不憫《ふびん》で……」

といいながら顔をゆがめる、その顔つき、そのものなのであった。

育児によって、人間のしぐさや表情さえも環境の影響をまぬがれないことを実感していた私は、一瞬のうちに悟った。あのクソババアが、私が結婚の話題をのらりくらりとカワしているのを不満に思い、どれほど身近にいる姪を相手に、

「オバちゃんにも、ほんとに困ったもんだねえ。プロポーズしてくれる人もいなくて、このままトシとってくのかねえ。かわいそうにねえ」

とグチをこぼしているかを。そのときのわが母の表情さえ、目に浮かぶようであった。姪は、この話題とカップリングの母の表情を、無意識のうちにコピーしているのだ。私は怒りのあまり、くらくらと眩暈《めまい》がしそうであった。

一年間で唯一、ゆっくり休める大晦日から新年にかけて、友人たちと約束していた温泉旅行さえキャンセルして、羽田まで出迎えにゆき、翌日も、朝食を一緒にしたいという母の希望にそうために、朝の六時には起きて、世田谷《せたがや》から浦安《うらやす》まで駆けつけてきた、この叔母。

この叔母が、たかだか十二年しか生きていない姪っ子に、彼女が無意識のうちに刷りこまれた価値観によって同情され、哀れまれているのだ！

私の人生は、小学六年生のクソガキに同情されるような人生なのか!?　この三十年以

上の私の人生は結婚していないという、ただその一点をもって、否定されるべきものなのか!?

（ノン！　それは断じてノンだぞ、わが姪よ！）

私は、これまでの母に対する、日本政府的な対応の甘さを痛感した。場当たり的なリップサービスでは、ものごとの根源的な解決にはならないのだ。人はみずからの哲学によって、戦わねばならない時があるのだ。そして、今がその時なのであった。

「○○ちゃん、ちょっと待ちなさい。叔母ちゃんは、かわいそうではないのよ」

私は飲んでいたビールのコップをおいて、背筋をのばした。

私は、母に対する娘として、姪に対する叔母として、けっして、この戦場でも負けるわけにはいかないのだった！

女はトイレで泣いて生まれかわるのだ

さて、格安料金で〝ニューイヤーをディズニーランドですごそう〟ツアーにやってきて、叔母である私にカレーライスをオゴッてもらいながら、

「おばちゃん、結婚できなくてかわいそうだね。淋《さび》しいっしょ。かわいそうだね」

と溢《あふ》れるばかりの同情をこめていった姪は、決して悪気があるわけではないのだった。

しかし、悪気があろうとなかろうと、相手が子どもであろうと、いうべきことはいうべきであると考える叔母は、表情をあらためていった。

「○○ちゃん、言葉づかいがちょっとヘンだよ。結婚はできる・できないじゃなくて、する・しないというのよ。叔母ちゃんは結婚できないんじゃなくて、しないのよ。違いがわかる？」

「……わかんない」

姪は顔をひきつらせながらも、キッパリといった。さすが私が（すこしだけ）育てた娘だけのことはあり、それまでニコニコ笑っていた叔母が形相を変えたことに怯《おび》えつつ

も、いうべきことはキッチリいうところが、なんというか、

（くそー、手ごわい子だ、こいつも）

と感心させられてしまうのだった。姉と義兄《あに》が、ひそかに姪のことを、

「あの子はおれたちの長女というより、サエちゃんの妹だよな。意地っぱりだし、絶対に退《ひ》かないし。なんで、あんなに似たんだろう。育てのオヤの影響だろうか、やっぱり」

などと嘆きあっているというウワサであったが、なるほどと思わずにはいられない頑固ぶりであった。姪はビクビクしながらも、さらにいった。

「だって、おばあちゃんが、オンナも三十すぎたら値打ちが下がるっていってたしィ」

「それはおばあちゃんの考え方だね。○○ちゃんもそう思ってるの？」

「えーと……うんと……」

「オンナの値打ちって、なによ」

「えーと……まわりの人におめでとうっていわれて、好きな人と結婚するんだよ」

「○○ちゃんは、そう思っているんだね？」

「……うん」

このあたりになると、姪もかなりアヤシくなっているのがアリアリだったが、しかし叔母ゆずりの性格ゆえか、緊張のあまり顔をまっかにして私を睨《にら》みつけながらもコック

り頷《うなず》くのであった。不退転の決意というか、前進あるのみの姿勢なのであった。

そんなカタクナな態度を見ていると、こいつぅーと思う反面、なんだか、

（その根性は、いとしい。ガンバレ）

というゆえのない愛情がフツ、フツと湧きあがってくるのもオムツを替えた人間の弱みなのでもあろうか、叔母さんはすこし表情をやわらげ、姪を怯えさせないように話すとなると、なぜか、なつかしの北海道弁が出てくるのであった。

「それなら、それでいい。○○ちゃんがそう考えるのは自由だよ。好きな人と結婚できるのは、そりゃあ幸せださ。したけど、そのほかにも、たくさん幸せはあるのさ。そこはわかるかい？」

「……うん、わかるさァ」

という姪がほんとにわかっているかどうかは疑問であったが、叔母はかまわず、いいついだ。

「一人前の大人の値打ちはね、他人が決めるんじゃないんだわ。自分で自分の値打ちを決めればいいのさ。おばあちゃんは、サエコ叔母さんのこと、三十すぎて値打ちが下がったと思ってる。それはそれでいいのさ。おばあちゃんはそういう考え方で、六十年も生きてきたんだもんさ。だけど叔母さんは三十すぎて、自分の値打ちが上がったと思ってんだわ。我慢づよくなったし、失敗してもイライラしなくなったしね」

「そっかあ……」

とぜんぜんわかってない感じで、姪はふうっとタメ息をついた。

「人間はね、生まれてからガッコいって、大学もいって、ぜんぶ周りの人が値札つけてくれるの。親やガッコのセンセや近所の人が、値札つけてね。いまの世の中は、そうなってんだわ。したけどね、ほんとの大人になるっていうのはね、そやって他人がつけた値札をぜんぶ取って、自分で値札つけ替えていくってことなんだわ。他人が十万円の価値しかないってっても、アタシは百万円の価値があると思ったら、自分にヒャクマンエンの値札つけていいんだ。反対にね、他人があんたはすごいすごいって、百万円の値札つけてくれても、しんどいなあ、ツラいなあと思ったら、十万円につけ替えてもいいんだわ。それは、なンも恥ずかしいことでない。叔母さんはそう思ってるのさ。わかるかい」

「……うーん、うー……わかんないよぅ」

とあくまで正直にいう十二歳の姪に、三十女の叔母さんは苦い笑いをもらしたのであった。

「わかんなくていい。あんた、まだ子どもだから。子どもっていわれるの、イヤ?」

「うーん、イヤなときもあるし、いいときもあるしぃ、いろいろだよ」

「うん、叔母さんはあんたのこと、子どもだなあと思うけど、子どもが悪いわけじゃないからね。ヘンな大人もいるからね。この話はね、○○ちゃんが中学生になったら、またしよう。高校生になったときもしよう。それとも叔母さんと話すの、イヤかい？」

「いやじゃないさあ。ごちそうしてくれるもーん」

姪は無邪気にスプーンをぺろぺろ舐《な》めながら、いったのであった。叔母さんがヤヤコシイ話を止めそうな気配なのをすばやく察して、ホッとしているのがアリアリであった。憎らしいくらい、カンだけはいいコなのだった。

カレーライスを食べ終わり、コーラの追加注文もこなした姪と手をつないでエレベーターにのり、母たちの泊まっている部屋にゆくうちに、私はなんだか情けないといおうかカナしいといおうか、ひどくムナしい気持ちになっていた。

生まれたときから知っていて、親身《しんみ》に思っている姪っ子でさえ、こうやって、どんどん周囲の影響をうけてゆくのだ。もし、このあと十年後、姪が私の好きになれそうにもないタイプの女になったらどうしようと思うと、それもまた姪の人生、私がクチバシをいれるようなことじゃないと思いつつ、なんとも哀《かな》しいのだった。

どう考えても、この勝負の分が悪いのは、私は私の考えを姪に押しつけようとは思っていないのに、母は迷いもなく〝結婚できた女はシアワセ〟〝結婚できない女はかわいそう〟という考えを姪にも適用し（決して悪意からではなく習慣によって）、そういう教育を行っている点であった。

これはあきらかに、スタート地点で負けているのであった。思えば世界史をみても日本史をみても、古来、リベラル派が勝ったためしはないのであった。

「おばさん、おばあちゃんがね、帰るときに、おばさんにおみやげあげるって」

私はよほど暗澹《あんたん》たる面もちをしていたのであろう、手をつないでホテルの廊下を歩いていた姪が、おずおずと気づかうようにいった。

「ママは、きっと、おばさんは怒るから止めなよっていってたけどさァ」

「ふーん……」

どうせまた縁結びのお守りとか、そういうものであろうと予想して、私があやふやに笑うと、姪はますます心配そうに、

「おばあちゃん、おせっかいだからさあ。アタシ、そういうとこ嫌いだァ」

という。そのとき、私はハタと気がついた。

（こりゃ、マズい。グリルで、あたしがお母さんのこと非難がましくいったもんだから、この子もモロに波かぶったかもしれない）

子どもというのはカンがいい反面、たあいないところもあって、わが母の価値観をするりと受け入れる反面、モノを買ってくれる便利な叔母さんがオバアチャンの悪口をいうと、あっさりと鞍替《くらが》えするようなところもあるのであって、わが姪が、私のせいで、わが母のことを悪く思うようになるなら、それはやっぱり、いけないんではないか。

私が姪の子育てにかかわったといっても、それは十パーセントほどのこと、ほとんどは五十すぎの母が家事もやりながら、孫かわいさにせっせと育てたのだった。それはすこしは〝老後の楽しみ〟だったかもしれないけれど、子育てばかりは〝老後の楽しみ〟ですむものではない。二十代三十代の体力のある若い母親とは違う五十女が、何十年かぶりに子育てする、その大変さは理非をこえ、善悪をこえたものがあるのだった。それだけは、

（おまえを育ててやるのは、大変だったんだよ）

とは間違っても孫にいわないし、そもそも発想にもない母のためにも、母の味方にならねばならないような気がするのであった。

「おばあちゃんはねえ、あたしたちより年とってるから疲れやすいし、疲れると、怒りっぽくなるしさ。心配性になって、おせっかいもするけどさ。だけど、おばあちゃんは悪い人じゃないよ」

「そうだけどさあ……」

「もう、○○ちゃんのほうが、体力あるしさ。だから、おばあちゃんに優しくしてあげてね。叔母さんはすぐにカッとなって、おばあちゃんのこと怒るけどさァ。叔母さんは怒りっぽいからね。ついつい、おばあちゃんとケンカするのさ。○○ちゃんは叔母さんをみならったらダメだよ。叔母さんはまだまだ我慢がたりないからねえ」

「うん。エヘヘ」

姪はなんだか素直に頷き、つないでいる手をギュッギュッと握ってきた。姪の白い手はぽにゃぽにゃしていて、噛《か》みつきたいほどかわいいのだった。私もギュッギュッと握り返して、顔をみあわせて笑った。

いい雰囲気といえばいい雰囲気であったが、しかし人間、ニンに合わないことをすると逆に感情が荒ぶるものである。心にもない母への褒めコトバを羅列しているうちに（いや、少しは心にないこともないのだが）、かえって母に対する秘めたる怒りがムクムクと肥え太ってくるのであった。考えれば考えるほど、

（あたしの我慢がたりないったって、限度があるではないか。未来ある子どもに、なんちゅう俗っぽいことを吹きこんでくれるんだ、くそったれーっ！）

あたかもPTAの母親のごときセイギの怒りが、刻一刻と盛りあがってくるのだった。

その夜はホテル内の料理屋で四人で夕食をとり、すぐにホテルを後にしたのだったが、

（このままじゃ、いけない）

と自宅にむかう電車にゆられながら、私は率然と思ったのであった。

これまでは、結婚問題について正面きった所信表明をしないまま、アタシと結婚したダンナはかわいそうだの、家事ひとつできないだのとゴマカしてきたのであったが、そうやって、のらりくらりと避けてきた結果が、第三者であるべき姪にまで影響している

のであった。コトはいつのまにか、教育問題にまで及んでいるのであった。

(ここはいっぱつ、お母さんと膝をまじえて、結婚問題についてキッチリ、ケリつけたほうがいい。あたしが逃げてるから、姪にまでとばっちりがいくんだ。結婚について、いいたいことがあるなら孫にグチをこぼさず、あたしにいってくれと断固として宣言して、ついでにいまのところ結婚に興味がないということもハッキリさせよう。そうしたら、たぶんお母さんは、親だから心配なのさと泣きおとしでくるであろう。そこでホダされたら元のモクアミ、その親心はありがたいけど、といったんウケに入って、えーと……)

私はなんと、その夜、そういった想定問答に思いを巡らすうちに目が冴《さ》えて寝るに寝られなくなり、朝方の三時すぎまで、ベッドで輾転反側《てんてんはんそく》していたのであった。

しかし、ものごとは常に予想を裏切り、あさはかな人間の思惑をこえた事態を用意しておくのであった。

翌日、私は朝の十時にホテルにゆき、チェックアウトをすませた母と姪と甥の三人を、ひとまず銀座《ぎんざ》に連れていった。

甥はプラモデル、姪はスノーマンのキャラ・グッズが欲しいといい、母は母で浅草《あさくさ》にゆきたいという希望をもっていた。四時に羽田にゆくまでに、ちゃんと時間配分しなければならず、その他にも、なるべく子どもがいないところで例の結婚問題について、すこし話しておかねばならないから、忙しいのであった。

一月二日の銀座は人も少なで、あろうことかデパートもぜんぶ休みであった。

「泣くんでない。あいているデパート、ちゃんと捜してあげるから」

グズる甥と、ふくれっつらの姪をなだめつつ、三人を某靴屋の三階にある喫茶店につっこみ、私は公衆電話にかじりついて104番を利用しつつ、かたっぱしから都内の有名デパートに電話をかけてみた。一月二日に店びらきしてるのは池袋西武《いけぶくろせいぶ》であった。

喫茶店に戻ってみると、母にはコーヒー、姪にはミルクティー、甥にはチョコ・パフェがちょうどきたところであった。

「ここで二十分くらい休んだら、最初に浅草いこうか。そのあと、池袋いこう」

「悪いねえ。なにからなにまで、おまえに世話になって」

母はそういって、ふとバッグから白い封筒を取り出して、恥ずかしそうにテーブルの上においた。

「これ、とっといて。帰りぎわに渡そうと思ったんだけどさ。また、おまえにおせっかいっていわれるけど、なにかの参考にさ。ほんのお遊びのつもりだから」

「なに、これ」

といいつつ、私がそのときピピッときたのは、お小遣いではないかということであった。年末から年始にかけての三日間、いわば、つききりで母たちの相手をした私に、こうして最終日、お小遣いを渡すつもりで、最初から封筒にいれて用意していたのではないか。私はもう、どちらかというと両親になにかしなければならない年齢なのに、やっぱり親はいくつになっても親で、私のこと子どもだと思ってるんだなあ、ここはヘタに辞退せず、ありがたく受け取っておいて、あとでブラウスかコートかなにかを買って送ろうか——などととっさに思案をめぐらせた私は、ほんとに正月そうそう、スミからスミまでずずずいとおめでたい娘であった。

封筒をとりあげて中身をひっぱりだしてみると、出てきたのは万札ではなく、ただの便箋《びんせん》であった。便箋の下のほうに、北海道の地元放送局（ＴＶもラジオもある）の局名が入っていた。いわゆる社用便箋なのであった。

一枚の便箋に、びっしりとナニゴトか書いてある字はたいそうな達筆であり、それが母の手跡でないのは一目でわかった。私はわけがわからず読みはじめ、ものの三行も読まないうちに、顔色が変わってゆくのをはっきりと自覚した。

『——娘さんの結婚相談について、回答します。娘さんは現在、知に走り才に走り、結婚を全く考えておりません。しかし、三十五歳には仕事と才能に限界をさとり、そのとき結婚を考えるでしょう。（略）相手は一にも二にも、包容力のある優しい男性がよろしく、俳優でいえば竹脇無我《たけわきむが》さんのような人がよろしいでしょう。自分では見つけられないですから、周りが段取りしてあげるのがよろしく、知人の紹介が吉です。（略）今後とも、当番組をよろしくご視聴くださいませ――』

このときに胸に去来したさまざまな思いは、けっして筆舌に尽くせるものではないのだったが、ただ一点、はっきりしているのは、

（また、やったのか！）

という思いであった。当然ながら、二十五歳のときの〝テレビ手相占い事件〟が脳裏をよぎった。母はまたテレビの占いコーナーに応募して、私の結婚相談をしたのだ。

「お母さん、これ……」

私は何度も息をつぎ、ゆっくりと顔をあげた。そのときの私は、よほどショックをうけた顔つきをしていたのであろう。なぜなら母はひどくうろたえ、そうなると意地でも強気にでる性質そのままに、ぷいっと横をむいて、

「ただの冗談、冗談なんだってば」

つっけんどんにいい、そういうとき子どもをダシにする昔気質《かたぎ》の人間にありがちのやり方でもって、チョコ・パフェと格闘している甥にむかって、

「オバチャンはすぐに怒るから、こわいねえ。ただの遊びなのにねえ」

わざとらしくホホホと笑った。

私はそのあと無言で、三人をタクシーにのせて浅草にいった。池袋西武にもいった。その間、私はほとんどしゃべらなかった。当てつけでしゃべらなかったのではなく、しゃべる気力が出てこないのだった。私はなんというか、これまでの人生で初めてといっていいほどの、底しれない敗北感にまみれていたのであった。

姪と甥におみやげを買って、羽田まで三人を送ったときは、三時三十分すぎだった。搭乗手続きをすませて、三人をハイ・ジャック検査のゲート前まで送ったところで、母は泣きそうな顔でいった。

「サエコ、ええっと、今回はほんとうに世話かけて……」

私はあやふやに笑って、ほら、いきなよといっただけだった。母はむっと黙りこみ、なにさ、アタシだってすこしは反省してるのにという恨みがましさをアリアリと滲《にじ》ませて、つーんと顎をあげ、さっさとゲートのほうに歩いていった。姪と甥は何度もふり返って、

「おばちゃーん、おみやげ、どうもねぇぇ」

天真爛漫《てんしんらんまん》に手をふっていた。私は姪と甥にニコニコ笑って手をふりつつも、母がふり返ると、すーっと笑みが消えてゆくのであった。

三人を見送ったあと、私はすっかり虚脱して踵《きびす》をかえした。はやく家に帰り、ひとり

になって気持ちの整理をつけ、気力を回復したかったのだった。

ふとトイレが目につき、私はトイレに入った。空いている個室に入り、パンツをさげて便器に腰掛け、いざ放尿しようというとき——ふいに涙が溢れてきてしまった。

それはまったく、思いもかけないことであった。私はあわてて両手で顔を覆って、泣き声が外に洩《も》れないよう、喉に力をいれた。すると、ますます〝嗚咽《おえつ》〟という感じになり、哀れさが増すのであった。このときくらい、自分の人生を惨めなものに思ったことはなかった。パンツさげたままトイレの個室で嗚咽するのは、やっぱりどう考えても情けないのだった。

（つまり、つまりお母さんはぜんぜん、あたしを認めてなかったのね。大学出てからこっち、十年以上のあたしの人生は意味がなかったと。そういうことなのねーっ）

私は両手で顔を覆って嗚咽しながら、心の中で絶叫したのであった。

時間と予算のあるときは母を旅行に誘うとか、旅行先でおいしそうなものがあったら宅急便で送るとか、原稿を書き終わったついでに、まだ文章が書きたいときなんかに母への手紙をこまめにワープロで書くとか、真っ昼間に思いついたとき電話して、小一時間くらいおしゃべりをするとか、私なりに母に対して、できる限りのことをやってきたつもりなのであった。

勤め人のOLや、家計のやりくりに大変な主婦なら、なかなか忙しくてできないであろうことを、自由業の気楽さでコマゴマとやることで、結婚してない娘なりに、ちゃんと母親とつき合えるのだと態度で表してきたつもりなのであった。それらすべてが無駄であったと。

それらはすべて独身女のひとり相撲で、女はなにがなくとも結婚、結婚しなければ価値はないのだ——と、母の二度目の結婚占い相談は高らかに宣言しているのであった。そういうことなのであった。

（家を出てから喰《く》うにも困る生活で、病気になっても薬かうお金もなくて、三十九度の熱出したときも根性で治したことも。〝少女小説〟のインタビューにきたアホな男に、いやー、ボロい商売やってますね、どのくらい儲《もう》けてんですかあといわれて、殴りつけてやりたいのをグッとこらえたことも無駄だったと。もっとアホな男記者に、ああいう小説は処女でなきゃ書けないんでしょといわれて、顎がはずれそうになりながらニッコリ笑って、そいつが帰ってから、家じゅうのワイン瓶ぶち割って、一晩泣いたことも。そういったことはぜーんぶ無駄だったと。そんなことはいわれてあたりまえ、結婚してない女なんだからと。ああいう下品で卑しいことというクソ男のほうが正しいのだと。自分で自分の食いブチかせぐより、竹脇無我みたいな、なにかっちゃ女問題おこしてるヤサ男と結婚したほうが、女の人生としてはよほど上等なんだと。そういう、そういうことなのねーっ！　なにが竹脇無我みたいな包容力のある男だ、芸能ミーハーの占い師のドアホがっ！）

なぜか、こういうとき楽しいことは一片も思いうかばず、去来するのはただただ屈辱的なこと、胸が焼けるほど悔しかったことばかりなのであった。息をするたび悔しさに胸がつまり、こわれた水道のように涙がポロポロ出てくるのであった。

（もう、いい。お母さんがそのつもりなら、もういい。あたしはもう娘やめる。やめてやる。もういい。もう、いいのよーっ！）

なにがもういいのか、自分でもよくわからないながら、山のようなトイレット・ペーパーを使って涙をぬぐい、嗚咽の声が個室外に洩れないよう、ハンカチをまるめて口の中につっこみつつ私は泣きつづけた。

「あらー、やだわ。このドア、壊れてんじゃないかしら。さっきから閉まってんのよ」

どこかのオバサンがぶつぶついい、ドアをガンガン蹴っとばすのを無視して、私はおよそ二十分以上も、空港のトイレの便器に腰掛けたまま、これまでの人生で初めてというほどの絶望感にうちひしがれて嗚咽しつづけたのであった。

最終戦争前夜

さて、母の二度目の結婚占い相談に打撃をうけ、人生にゼツボウして、空港のトイレの便器に腰かけて嗚咽《おえつ》していた私がわれに返ったのは、午後四時ちかくであった。

ふしぎなことに、身をもみしぼるようにして全身で泣いていると、フッと抜ける瞬間があり、その隙をつくように、

（なんで、あたしがここまで泣かなきゃならないのよ）

という素朴な疑問が湧きあがってきたのであった。

（あたしはなにも、お母さんに認めてもらおうと思って、二十代三十代、生きてきたんじゃないわけよね。好きなこととして、好きに生きてきたの。好きでやってきたことを、誰かが認めないからといって泣くのは、おかしいわけよ。ようするに、あたしは疲れてるのよ、きっと。ともかくトイレからは脱出しよう。こんなカッコで泣いてると、ついついおのれの不幸に浸ってしまう）

素朴な疑問はなかなか建設的な結論にいたり、かくして私はトイレット・ペーパーで

鼻をかみ、涙を拭《ぬぐ》って立ちあがり、決然としてトイレを出たのだった。

嗚咽したために体力を使いはたし、タクシーにゆられて家に帰った私は、その夜、テレビをつけっぱなしにしたまま、ぼーんやりとしていた。

思いきり泣いたあとのものうい虚脱感とでもいうべきものに囚《とら》われ、なにかこう、シミジミと孤独を味わっていたのであった。

夜の八時すぎ、北海道の友人から電話があった。正月二日の新年挨拶の電話で、だいたい、こういう電話がいくつか来る時刻ではあった。

「なんか元気ねえなあ。どしたんだ」

とのーんびりいう彼に、私はポツポツと母のことを語り、語るうちになんだか少しだけ元気が出てきて某放送局の局名がはいっている便箋一枚の、占い内容まで読みあげた。

彼は電話口のむこうで笑いころげた。

「はー、お母さん、まだ諦めねえのかよ。タフだなー、こりゃ」

学生時代からの友人である彼は、二十五歳のときのテレビ手相占い事件のことも知っており、容赦なくゲタゲタ笑っていた。繊細な脳外科医をやっているとは思えない、おおざっぱな性格なのであった。

「竹脇無我ってのが泣かせるよなー。奥さん受けする俳優出してくるとこが、えらいわ、やっぱ」

「それにもアタマくるけど、それより〝娘さんは現在、知に走り才に走り〟なんてとこがゲッソリしちゃってさ。これって褒め言葉じゃないしね。あげくに三十五歳で限界を感じるってのにガクンとくるのよ。ことあるごとに限界感じてるのに、なんで三十五ってダメ押しされなきゃならないの?」

話しているうちに、私はようやく、なぜ占い便箋をもらって、一瞬だけ、はげしく人生にゼツボウしたかに気がついた。便箋にはどうみても、私の仕事に関して意気沮喪《いきそそう》するようなことばかりが書いてあるのであった。私は雑誌を読んでも、ほとんど星占いのページを読まないくらい、あまり占いに興味のない人間ではあったが、それにしても、こうまで悪《あ》しざまに書かれると、さすがに意気消沈するのであった。

「なんかねえ、仕事と才能に限界を感じて、そのとき結婚を考えるって、最悪のパターンじゃない?　こういうの見せられて、小説かく仕事してる娘が、ヘラヘラ笑うと思ったのかなー、うちのハハは。こういうギャップって、どうすりゃいいわけよ」

「そんなシリアスに、ものごと詰めるなって」

学生時代から、私のヒスにつきあってきた彼は、どこまでも牧歌的な口ぶりであった。

「あんたなんか、まだいいぞォ。こっちは、いつ子どもできるんだって顔みるたんびに、△△にいうからさあ。△△なんか、もうノイローゼだぞォ」

△△というのは私の学生時代の友人であり、彼の妻でもあるのだった。思えば、友人

夫婦はともに三十すぎ、確かに世間では、そういう話題が出てくるかもしれないのであった。

「どっちのお母さんがいうの。△△ちゃんの？　それとも、あんたのほう？」

「両方だよ、両方。あれって不思議でさあ。△△のお母さんのほうは、オレに問題あるんじゃねえかって疑ってんだよなあ。で、オレの母親はもうキッパリ、△△に問題があると確信してんだ、これが。ウチの母親、去年だったか、ほれ、薬局で売ってる妊娠判定試薬があるべや。あれ買ってきて、『△△さん、よけいなことかと思ったけど、これ手元に置いといてちょうだいよ。役にたったら嬉しいわ』てなもんでよ」

学生時代、オチ研に入っていただけあって、彼はにわかに母親らしき声音をつくっていった。彼の口ぶりがあきらかに妻寄り、妻ビイキであることからして、彼のそばには△△がいて、聞き耳を立てているようであった。

「そいつがまた、へたにラッピングしなおしてあるからよ、大きさからみて宝石箱かなんかだと思ったらしいんだわ。たまたま、そのまえに母親が中国旅行にいってたしよ。メノウの腕輪かなんかの箱だと思ったっていうんだな。欲のカワつっぱってるから、後で痛いメみるんだけどよう。で開けてビックリ、カラーボールだべや。いやー、△△が泣くわワメくわで、今だからいえる話、オレ一週間くらい学会のレポートだなんだとごまかして、病院に泊まってたんだわ。ウチに帰るの、おっかなくてよ」

「ふーむ……」

これまた凄《すさ》まじい話に、私はすぐには言葉もなかった。三十女と三十男の話題となると、学生のころには思いもよらなかった領域に踏みこむものだなーと、なんだか感無量であった。

「医者の家に、ああいうのもってくるとこがすげえよなあ。ま、悪気はねえんだろうけどよ。盆だ正月だになると、両方のオヤと顔あわせなきゃならねえじゃねえかよ。ふたりとも気が重くってなあ。今、△△もそばでコックリしてるぞォ」

「ふーん。結婚したらしたで、問題あるわけか」

「あるある。あんたんとこの母親なんか、まだかわいいぞォ。人生つらいわ」

故郷の友人と話していると楽しいのは、口調ひとつで学生時代を思いださせてくれるからで、話すほどに気持ちが和《なご》んでくるのであった。

このあと、友人の△△と替わってもらって、ひとしきり、お互いの母親たちの話をして、そのうち旅行だなんだの話題にかわり、電話をきるころには気分もすっかり浮上していた。

友人の家庭問題をきいて和むというのも品のない心持ちではあるのだったが、たしかに三十すぎた友人夫婦が、いまだに子どもができないばかりに、双方の母親たちに責められているというのは、私以上にシミジミ大変そうに思われて、

（人生、なかなかタイヘンだけど、まあ、お互い、がんばろうねえ）

というような同志愛、友愛にみちた思いに浸されてくるのであった。

だがしかし、この友人夫婦との電話でもたらされた心の平安は、わずか二日しか続かなかった。その翌々日の正月四日、やはり新年挨拶で電話をかけてきた友人Aによって、事態はさらに泥沼化したのであった。


ごく普通の主婦をやっている友人Aは、私に電話をかけてくるときは常に割引料金のきく夜七時すぎであるのに、その日にかぎって、昼すぎに電話をかけてきた。

「えーと、サエコちゃんがもう知ってるんだったら、いいんだけど」

新年の挨拶をしたあと、友人Aはにわかに口ごもりつつ、昨日まで札幌の実家に帰っていたこと、そこで大学時代の友人五人と飲んだことをポツポツと話しだした。

「そのとき、チラッと話がでてねえ。五人のうち、見てたのがふたりもいたんだ。で、本人が知ってるんならいいけど、知らないんなら、どうしたもんかねーって」

「どうかしたの」

「おおっと、やっぱり知らないのかあ……」

友人Aは電話のむこうで、ふうっとタメ息をついた。

「なんかさ、去年のうちに、あたしも知ってたのよ。っていうのは、姉がテレビ見てて、すぐに電話くれてたの。だけどねえ、自分で見てなかったし。だから、ま、いっかと思ったんだわ。そしたら五人集まったうち、見てたのがふたりで、人づてで聞いてたのがひとりだもんね。こりゃ確率たかいよねえ」

「なんなのよ、いったい。グズグズしてると、電話代ばっかりかかるよ」

「あ、そうか」

電話代がきいたのか、それとも腹をくくったのかどうか、友人Aはにわかにキビキビと、去年の十月ごろ、わが母がテレビの占いコーナーで、娘（つまり私）の結婚相談をしたことを告げたのであった。

「ああ、それか。知ってるよ」

私は余裕をみせて答えつつ、内心ではシミジミと、

（うーむ、世間でよくいう〝根回し〟ってやつが、いかに重要かが、これでわかるな）

とヘンな感心をしていた。サラリーマン漫画を読んでいると、たいてい、

「そんな話、オレは聞いてないぞっ！　どうしてオレに話を通してないんだ。そんな企画は受けつけられんっ」

とやみくもに怒る課長サンが出てきたりするのであったが、会社勤めをしていなかった私には、それまで今ひとつ、課長サンの怒りがピンとこなかったのであった。

さらにまた、そういう課長サンはたいてい、自分のセクションだけを死守する偏屈で

小心なキャラに描かれているせいもあって、根回しを云々《うんぬん》するのは小心者という、マイナスイメージもあったのであった。

だがしかし、なんの心準備もできていないときに重要な話を耳にすれば、それなりの驚きもあるであろう。ことによったら青天のヘキレキ的驚きを感ずるかもしれない。

人間、衝撃を受けたときは冷静な判断もきかないから、感情や情緒でモノをいうだろうし、その結果、事態が思わぬ方向に流れないとも限らない。

根回しというのも決して、日本的悪習とばかりもいえないのではないか、少なくとも相手に心構えをうながすという点では、

（つまり、危機回避の効用はあるなー）

と私はにわかにカンシンしたのであった。母から占い内容をかいた便箋をもらっていたことは、この場合、根回しに相当するだけの効果があったのであった。その効果も、わずか十秒後には砕け散ったのではあったが。

「え、サエコちゃん、知ってたの。そーお、そうだったの」

私がヒスりだすのを覚悟していたらしい友人Aは、なかば拍子抜けしたようで、しかし、声にはアリアリと安堵《あんど》の色を滲《にじ》ませていた。私はふたたび、余裕ありげに答えた。

「うん。ハハが占い内容かいたやつ、よこしたもん。だけど、あんたたち、よくウチのハハのこと、わかったねー。声でわかったの？　すごいじゃん」

「え、すごいって、だって、ヒムロサエコって名前出てきたから……」

「え……」

私は受話器を握ったまま、ぼーんやりとしていた。友人Aのいったことが一瞬、理解できなかったのであった。

そうなのであった、かつて二十五歳のときテレビ手相占い事件があったばかりに、今回もわが母は、私のエト、あるいはそれに類する、たとえば生年月日のようなネタで、テレビの占い電話相談コーナーかなにかに、

(娘が三十を過ぎているのに、ぜんぜん結婚を考えてない。良縁はいつごろでしょう)

というような話をもちこんだのだろうと、私は漠然と思いこんでいたのであった。

というよりも、またもテレビ関係に私の結婚相談をしたという事実そのものに打撃をうけていたために、母がどういう形で、テレビに結婚相談をもちこんだか、そのディテールについては、ろくに考えが及ばなかったのであった。

「あたしの名前って、それはつまり、うちのハハ、体ごとテレビに出たの?」

「ううん。声だよ、声。電話相談の占いコーナーなんだわ」

私があきらかに動揺したせいであろう、友人Aはいっきに用心ぶかく声をひそめた。

「最近、けっこう、こっちのテレビの占いコーナーで人気のある占い師なの。姉もファンだし。で姉がいうには、どっかのオバサンが、小説家の娘なんだけど、なかなか結婚

しなくてとか、なんとかいったんで、へー、小説家でも結婚相談するのか、そういや妹の友達にもひとりいたなーとか思って、見てたんだって。そしたら司会者の人が、娘さんのお名前はって聞いてさ。それで……」

「……まさか、ヒムロサエコですって……？」

「ううん。○○サエコですって、本名いったって。そしたら司会者の人が、あれ、○○サエコさんといえば、あのティーンに大人気のヒムロサエコさんじゃないですかあ！　っていって、占い師も、わたしもお名前は知ってますとかいって、そうですか、人気作家の方もやっぱり結婚問題は大切ですよねえとか、なんかけっこう盛りあがったって……あの、モシモシ、サエコちゃん……」

　友人Aの声は途切《とぎ》れがちになり、気の毒なほど、うろたえているのであった。ここで友人のためにもリキをいれねばと思いつつ、しかし当然といえば当然ながら、すぐには声も出てこないのであった。友人はなんとか話を楽しくしようと、熱心にいった。

「いや、なんかさあ。姉も感心してたよう。サエコちゃんて本名いったら、すぐに芸名でてくるような有名人だったんだねえって」

「芸名じゃなくて、ペンネームといって……」

　それだけをいうのがやっとであった。ここにいたって、私もようやく、わが身の愚鈍さを思いしったのであった。

そもそも、あの占いが、あまりにもわが身の職業、仕事内容その他を把握したような内容であることの不思議さに、もっと早く疑問をもつべきなのであった。おそらく私もフッと、

（〝知に走り才に走り〟なんて、なんかヘンな表現だよなあ。バリバリのキャリアウーマンをイメージして占ったのかな）

ぐらいのコダワリは感じたはずなのであったが、（クドいようだが）わが母が二度目の結婚占い相談をやったことのほうに気持ちを奪われ、よもや私の職業ごと、本名からペンネームまでが天下にさらされ、白昼堂々、自分の結婚問題がテレビで占われていたとは思ってもみなかったのであった。

（あー、あたしもやっぱり人の子、見栄《みえ》もプライドもあったなあ……）

底しれぬ脱力感のなかで、私はシミジミとおのれの俗物性を思いしらされたような気がした。

匿名で結婚相談されたのならいざしらず、ヒムロサエコの名のもとに、みなさまのお茶の間にむけた画面で、〝三十五歳に仕事と才能に限界を悟り、そのとき結婚を考えるでしょう〟などと、わが身の行く末が語られていようとは！

私はけっして虚栄心のつよい人間ではないとは思うけれども、しかししかし、人前で、三十五歳で仕事と才能に限界を悟るなどといわれて、それでも平静でいられるほどタイ

ジンではないのであった。ひらたくいえばショック、さらにいえば恥ずかしさのあまり怒りが湧いてくるほどなのであった。

この商売、自分が才能あると信じてやっている人も多かろうけれど、私についていえば、それはないのであった。いつもいつも、

（なんか間違って、タマタマこういう仕事しちゃってるけどなー。ある朝、目覚めたら、ぜーんぜんかけなくなってたら、どうしよう。ほかにできる仕事あるかなー）

などと煩悶《はんもん》し、友人の有名女性作家の自宅を訪ねたおり、どういう話からか、それぞれが持っている英語検定だの、教師だのの資格を数えあげて自慢しあったあげく、

「ああ、ずっと小説かいていきたいねえ。こんな資格、使わなくてすむといいなあ」

とシミジミ語りあったこともあるのであった。

そういう日々をおくるジミチな女性作家が、なにゆえ、三十五歳で仕事と才能に限界を悟り……などというムゴいことを、そっと耳打ちされるならいざしらず、電波にのって宣言されねばならないのか。もう少し、イロをつけるとかすればいいではないか、占い師！

実のところ、私はどうやって友人の電話をきったかも、今となっては覚えていないのであった。細部については異常な記憶力をほこる私にとって、この前後を覚えていないというからには、よほど受けた衝撃が大きかったのであった。

ともあれ、気がついたときは実家に電話していた。母が出たら、なにをいおうという算段もなく、ただただ実家に電話をしていたのであった。電話に出たのは、わが姉であった。

「あれえ、オバ、ひさしぶりじゃない。ディズニーランドでは、うちのチビちゃんたち、お世話になっちゃったね。おみやげまでもらっちゃって。悪かったねえ」

おっとり、鷹揚《おうよう》、泰然自若、長女気質を絵でかいたような姉に、私は口ごもりつつ、母が去年の九月だか十月だかに、テレビの占い電話相談に出て、ヒムロサエコの結婚相談をしたのを知っていたかと訊《たず》ねた。姉はおっとりと電話のむこうでタメ息をついた。

「あー、そうなんだよねえ。バーサン、出ちゃったのよ」

「出ちゃったのよって、ママ、どうしてすぐに、知らせてくれなかったのよーっ」

この場合のママとは、わが姉のことであった。なんとも日本的なことに、わが家が姉夫婦の赤ンボを預かったときから、わが家の家族の呼び名は、いっきに姉夫婦の子どもを中心としたものになってしまったのだった。

それでも家を出ている私は、いつのまにか、父をお父さん、母をお母さんと呼びなおすようになったが、姉をママ、義兄をパパと呼ぶ習慣だけは残ってしまい、さらにいえば姉は私を、通常、オバと呼ぶのであった。

「えー、だってオバに知らせたら、すぐにバーサンに怒鳴りこむじゃないの。そうしたらバーサン、またヒスるし。同居してる身には、それはちょっと辛《つら》いもんね」

「辛いもんねって、ママ、それはちょっとエゴくない？」

「エゴっていうけど、ママもいろいろ大変だったんだもーん、テレビのあと。PTAのお母さんたちから、いろいろ連絡あったりして」

遠慮しいしいの姉から聞きだしたところによれば、母のテレビ（声）出演は、姉の職場はおろか、ご近所でもひとしきり話題になったという。〝血の気がひく〟というのがどういう状態なのかを、私はこのとき知ったのであった。

「……そうか。あたしひとりが知らなかったのね、つまり」

ながいながい沈黙のはてに、私はかすれ声で呟《つぶや》いた。ドスをきかすつもりはなかったのだったが、声がひとりでにかすれるのであった。

「まあまあ、サエちゃん、気持ちはわかるけど、ここは穏便に……」

不穏なものを感じたのか、電話のむこうで姉がにわかに機嫌をとるように、ねこなで声で私の名を呼んだ。

「ここでオバがヒスると、バーサン、ますます孤立して、なにするかわかんないんだよねえ。このまえ、なにか気に入らないことがあったらしくて、ひとりで老人ホームの見学にいって、パンフレットなんかもらってきて、これみよがしにハナミズすすりながら眺めてるの。アイディアだけは豊富なヒトだから、この先、なに思いつくかわかんないし。ここはわが家の平和のためにも、おっとり構えてちょうだいよ」

「ママ、そういう公務員的発想はやめて」

私はゆっくりと息を吐きながらいった。事態はすでに、穏便にすむ段階を超えているのであった。

知に走り才に走り、三十五歳で仕事に限界を悟るはずの娘は、このとき、とりあえず我慢の限界を悟っていたのであった。

そして娘は伝家の宝刀を抜いたのだった

さて、わが母はテレビの占い電話相談コーナーに（声の）出演を果たし、周囲にさまざまな波紋を投げかけたのであったが、それにしてもわからないのは、なぜこの時期、わが母がふたたび私の結婚問題でアクションを起こしたのかという点であった。

とうに三十すぎた娘をつかまえて、事あらたまって結婚を迫るのは突然すぎるのではないか。

「うーん。そこのとこはママも、ウスウス思うところはあるんだよね」

姉が口ごもりつついうには、やはり、わが母は淋《さび》しいのではないかというのであった。

とうにババ離れしている小学六年生の姪《めい》はさておき、小学二年生の甥《おい》っ子までが、しだいに学校の友だちと遊ぶほうを重視しはじめた。そうなるとバーサンは手持ち無沙汰《ぶさた》になり、市が主催するペン字講習会だの、市営プールの水泳教室だのに通っていても、なにかこう高揚感がないのではないか。その証拠に、

「ここでサエコが子どもでも産んでくれたら、アタシも最後のご奉公で、育ててあげら

れるのにねえとか、一年くらい前から、よくいってたもんね。未婚の母でもなんでも、子ども産んでくれたら、ちゃんと育ててあげるのにって」

しきりと、そういっていたと姉はいうのであった。

私は無言であった。母の生きがいのために未婚の母になれといわれて、ハイそうですかとウベナえるはずもないのであった。

しかし、ヒトは孤独を癒すためなら、主義を変え主張を変えして、あらゆるワラを摑《つか》むものであるなあと、私はなんだか怒りは怒りとして、胸が疼《うず》くような思いに囚《とら》われてしまった。

〈未婚の母〉などというものは、母にとっては堕落、女のクズ、人生の落語、いやさ落伍者《らくごしゃ》以外のなにものでもないはずであるのに、生きがいが欲しい↓子（孫）育ててるころは生きがいがあった↓もう一度、子（孫）育てしたい↓そのためには子ども（孫）が要る↓長女はもう出産は無理↓次女のサエコがいる↓サエコが子どもを産むんなら、このさい未婚の母でも……という思考経路をたどったらしいのであった。

一応、筋が通っているようにみえるけれども、決定的に間違っているのは、自分の生きがいのために、娘の子宮をアテにしているという点であった。それはやはり、どう考えても間違っているのであった。間違っているけれども、母にそんな無謀な夢をみさせる彼女の孤独だけは、やはり真実だと思えるのだった。

「そこにもってきて、半年くらい前だったかなー、まあ、ウチでもイロイロあって、あたしたちも大人気《おとなげ》なかったけど、家を出ようかって相談までして、建売《たてうり》なんか見てまわったの。それでますます、バーサン、淋しくなっちゃったんじゃないかなあ」

と姉はおそるおそる新事実を語りだした。

「で、ここでオバが結婚すれば、トシからいっても、即、出産ということになるだろうし、そうなれば、バーサンの出番はまだまだあると踏んだんじゃないかと思うんだよねえ」

「……人生って、つくづくドミノ倒しだよな、くそっ」

このとき私はシミジミと、人はほんとに、いろんな関係性のなかで生きてるんだなあとテツガク的なことを思ったのであった。孫の自立と、同居している娘夫婦とのイザコザが、めぐりめぐって、私の二度目のテレビ結婚占い相談にまで辿《たど》りつくと、誰が思うであろうか。

「そういうとき、お父さんはなにしてんのよ、お母さんのオットは」

「ジーサンは、朝おきて、バーサンがちゃんと朝ごはん出してくれて、昼と夕方に、ごはんが出てくれれば、文句ないんじゃない？　いつだったかシミジミ、いってたもーん。オレは社交的じゃなくて、人と口をきくのもツラかったけど、妻子のためと思って我慢して働いてきた。退職して、もう人と関わらなくていいと思うと、ほんとにありがたいって」

そうなのであった。父はそういう人なのであった。

そうして母の不幸は、およそ、そういうタイプの人間を理解できないという点にあるのだった。そういう父をナマケモノ、ヘンクツモノとしか思えず、なんとか社交的にしようとして、社会参加のための再就職などを勧めては父を怒らせてしまい、ますます夫婦のミゾが深まってゆくという悪循環があるのであったが、しかし、だからといって母を責めるわけにも、この場合、いかないのであった。

なぜなら母が受けた教育は、男は妻子を養うもの、妻子を守るものという黄金の価値観を背景にしているのであった。

そうであればこそ、父が現役で働いていたときは、母は朝の四時におきて家事をこなし、朝の六時から働きに出て、夕方の六時に帰ってきても、ちゃんと夕食の支度をして、後片付けをして、夜は夜で、春夏秋なら縫物、冬は編み物をして家族のものを調《ととの》えるという、それはもう娘からみても、

(お母さんのほうが、なんぼか働きものだ)

と思うような働きぶりで、それでも、家庭内の大事な節目では、

「お父さんに聞いてからね」

と父を立てていたのであった。その父が退職とともに、家でだらしなくゴロゴロして

いるのは、男として、父を立てようがないのであった。

母がいまだに、退職後の父に再就職を勧めるのも、家計のタシにしようというのではなく、〝家族のために働く〟という、いちばん目に見えやすい男の甲斐性《かいしょう》を父がみせてくれれば、

「お父さん、ほんとうにごくろうさま。疲れたでしょう」

などとネギライの言葉をかけて、心を砕いて料理をつくるという、夫のために何かすることが生きがいになる母の世代のヨロコビを味わえるからなのであった。母は世間の通念どおり、男を立てることで、安心立命したいのであった。

なのに、退職とともに〝男〟の看板をおろしてオタク人生を歩みはじめた父に、母は戸惑い、どうやって父と関係をもっていいかわからないのであった。

（あたしは何ひとつ世間サマに背くことなく、一所懸命やってきたのに、ここにきて、お父さんに裏切られた）

という思いを母が抱くのも、無理からぬものがあるのであった。

一方の父は父で、

「オレはちゃんと妻子を養ってきた。おツトメは果たした。このあと好きにさせてくれたら、ほかはどうでもいい。ほっといてくれ」

という典型的な退職後の自己完結型人生というのか、隠居オタクというのか、そうい

う態度があからさまで、娘たちからみると、父と母は、もうまったくボタンがかけ違っているのであった。

そうして父親という種族にとっては永遠の不幸であろうけれど、私はやはり女の身、どっちに味方するかといえば、リクツでは父、心情では母なのであった。

それはたしかに、妻子の〝子〟はここまで育ててもらった恩義があるから、父がテレビ見ようが、逆立ちして裸踊りしようがいいようなものの、

（〝妻〟については、退職と同時に、お役御免というわけにもいかないんでないの、お父さん。最初から、退職後はオレは好きにやるぞってお母さんと話し合ってたんならともかく、自分の人生設計だけして、そこにお母さんが入ってなかったってのは、やっぱり問題あるよ。お母さんは理屈じゃなくてカンで、それがわかってんだよ。

お父さんの退職後の人生設計に、自分が脇役《わきやく》の役もふってもらってなかったのがわかって、お母さんは淋しいんだよ。好きにさせてくれ、ほっといてくれっていいながら、日々の生活はぜーんぶお母さん任せで、甘えてるしょ。なのに、お母さんを甘えさせてやらないから、お母さんは淋しいんだよ。

そりゃ昔はね、引退後の老父は楽隠居、老母は家刀自《いえとじ》で家を差配するっつう家制度があって、それぞれの淋しさを解消するシステムがあったけど、今はそうじゃなくなってんだ。だから、みんながそれぞれ淋しい気持ちを自覚しあって、すこしでも解消するよ

うに協力しなきゃなんないんだ。それが近代家族ってもんだべさ。お母さんは娘をとおして近代とぶつかってるっつうのに、お父さんひとりが封建社会やるわけにはいかないんだわ。お父さんの気持ちはわかるけど、現代を生きるっつうのは、そういうことでないのかい）

などと、ひそかに思うこともあるのであった。

しかし、まーさか六十半ばの人生の先達《せんだつ》の父親をつかまえて、そんなワケしりの演説をぶつわけにもいかず、父の人生観もわかり、母の苛立《いらだ》ちもわかり……という、人生八十年、ちゃんと生きていくのも辛《つら》いなあ的中年の感慨を抱きはじめた折りも折りの、テレビ結婚占い相談であったのだ。

私の煩悶《はんもん》というか、怒りのやりばのなさは、そこにあるのであった。

母の気持ちはわかると退いてしまえば、この先、三度目の正直の占いコーナーが待っているのは明らかであった。母はやる。この娘にしてあの母あり、母は必ずやる。

かといって怒鳴りこめば、ますます母を孤立させてしまうであろう。いったい、中年の独身ムスメはどうすりゃいいのだ！

いくら母の淋しさはわかるとキレイごとをいったところで、職業から屋号まであからさまにされて結婚相談されてしまったことを、どうして、やすやすと受け入れられるであろうか。なによりもユルセナイのは、わが母が、

（あたしは淋しいのだ。だから、その淋しさをまぎらわそうとして、孫や娘のことにクチバシをいれてしまうのだ）

という現状認識と自己把握ができていればともかく、そういう自分の問題をすべて周囲にむけて、勝手に問題をつくりあげて、

（退職したお父さんが、家でゴロゴロしてるのは、お父さんのためによくない）

（女は結婚して一人前なのに、サエコがいつまでも独身でいると、世間はあいかわらずサエコを半人前にみて、それがお母さんは悲しいのさ）

な－んていう、おそるべき〝泣かせ〟の入った鉄壁の理論武装でもって、大義名分の御旗《みはた》をかかげてしまうズルさなのだった。それはやっぱり、ズルいのだった。私はズルいのはイヤなのだった。

いっそわが母が、

「あたしの人生もなんだか尻《しり》すぼまりになってきて、つまんない。ここで一発、おまえがパーッと結婚カマしてくれれば、やれ式場だ、嫁入り道具だで半年は遊べるし、相手の親戚のワルクチや噂《うわさ》して、気分も盛りあがるしさ。結婚したあげくに子どもができれば、子育てして気もまぎれるし、ナマイキなおまえも、子どもを人質にとられてるから、あたしに頭あがんなくなって、あたしゃ気分いいよねえ。そんなこんなで、おまえが結婚してくれれば、まずまず、むこう五年はもつってもんさね。だから、あんた結婚しな

さい」

と本音で勝負をかけてくれれば、私は性格上、まことにごもっともと納得できるのであった。私が絶対に受け入れられないレトリックは、ただひとつ、

「おまえのために」

「あなたのためを思えばこそ」

というものなのだった。恋人であろうが親友であろうが、このセリフだけは聞きたくない、私もいいたくない暗黒の、禁断のセリフなのであった。だが、今回の二度目の結婚相談に関して、私がこれまでどおりの抗議をすれば、母は必ず、このレトリックを用いるであろう。このままでは結局、元のモクアミに収まるしかないのか!?

(これは、伝家の宝刀を抜くしかない)

姉との電話を切ったあと、私はめずらしくモノゴトを論理的に詰めてゆき、ある決心にゆきついていたのであった。

姉と電話で話したあとの三日間、私はあらゆる仕事を放擲《ほうてき》して、ワープロに向かいきりになり、次なる手紙を母に書いたのであった。(一九八×年　一月七日　十七時三十五分という記録のあるフロッピーより採録)

前略、お元気ですか。

ディズニーランド旅行ではごくろうさまでした。大晦日《おおみそか》のディズニーランドは、すっかり名物になっていて、一度、行ってみたいと思っていました。

明治神宮も、お母さんたちのおかげで、行くことができて、いいことをさせてもらいました。お年始らしいすごし方ができて、いい思い出です。ほんとうにありがとう。

ところで先日、旭川《あさひかわ》の××ちゃんから電話があり。

××ちゃんのお姉さんが、たまたまテレビを見ていたらしく、STVの占いコーナーの話、聞きました。そのほかにも、大学時代の友達が見ていたそうです。

見ていた人がたくさんいて、お母さんも満足でしょう。テレビ局の人は、「娘が作家というのはめずらしい相談だし、番組がおもしろくなる」とよろこんで、お母さんの相談をとりあげてくれたことでしょう。

テレビや雑誌は、そういうのが大好きですから、この先も、お母さんがそういうことをしたいなら、採用してくれるところはたくさんあると思いますよ。

老後の楽しみが、ふえましたね。

悪いけど、今後も、このようなことをするつもりなら、お母さんとの縁を切らせてもらいます。

お母さんがよかれと思ってやってくれていることが、わたしには迷惑です。二度とはいいません。ここではっきり、胸にきざんでください。迷惑です。

「娘はいつまでたっても娘で、結婚の心配をするのは、母親ならあたりまえさ」

というつもりかもしれませんが。

心配してるだけなら、それもいいです。でも、わたしの名前をだして、わたしに迷惑をかけました。迷惑かどうかは、お母さんが決めるのではなく、迷惑と感じた人間の問題です。わたしには迷惑でした。

これ以上、リクツをいう気はありません。

今後、一切、親子の縁を切るか。

二度と、わたしの結婚問題やその他のことで、勝手なことをしないと約束してくれるか。

約束すると決めたときだけ、わたしに連絡をください。手紙でいいです。電話ではダメです。

「もう、しない。約束しましょう」

とだけ書いてくれれば、いいです。いいわけも、説明もいりません。

なんの連絡もないときは、縁は切れたものと思います。

今後、いっさいの連絡を断ちます。


くりかえしますが、お母さんがしたことは、わたしには迷惑でした。

どうして迷惑なのか、説明しようとしても、お母さんは聞かないでしょう。

「わたしは親切のつもりだったのに。心配だったのさ」

「おまえはまた、そうやってリクツばかりいって……」

というでしょう。

だから、くどくど説明しません。わたしは結婚しなくても、とっても幸福なのだとだけ、いいます。

お母さんにはそう思えなくても、わたしはじゅうぶんに幸せ。

幸せなのかどうかを決めるのは本人で、本人が幸せといってるんだから幸せなんです。

わたしのために、なにかしたいという優しい気持ちがあるなら、わたしが喜ぶことをしてください。

お母さんが幸せで、楽しい思いをして、いつまでも元気で、イキイキしてくれているのが、わたしの一番うれしいことです。

わたしも、お母さんが喜ぶことで、わたしにできる範囲のことをしたいと思っています。でも、それはできる範囲のことです。お母さんを喜ばせるために、結婚する——というわけにはいきません。

結婚できないのではなく、今は結婚するつもりはないのです。結婚しなくても、幸せなひとはいっぱいいる、ということです。

世の中には、いろんな人がいる。それを認めるのも、世の中の、たいせつな約束ごとです。

「そんな約束ごとなんか、なにさ。おまえはまた、そうやってリクツばっかり……」と思うのなら、絶縁もしかたありません。

この件に関して、いっさいの話しあいは、無用です。

わたしとお母さんの、ふたりの間の約束ごととして、今後、そういったことに関わらないか。これからも口出しするか。どちらかを選んでください。お母さんの自由です。

約束できるか、できないか。

それ以外の、いっさいの話、説明はききません。過去のことを、これ以上、ぐずぐずいう気もありません。テレビの電話出演も、もう、どうでもいいです。

わたしが問題にしているのは、将来、この先、おせっかいをしないと約束してくれるか、できないか。この先も、親戚づきあいをしていくつもりがあるか、ないかです。

約束できると思ったときだけ、手紙をください。

約束ができるなら、今後とも、なかよく、ときどきは一緒に旅行などにもゆき、残る人生をたのしくやってゆきましょう。

わたしもできるかぎり、時間をつくるつもりです。

ただし、おせっかいをしないと約束する——と、はっきり手紙に書いて、証拠をみせてください。お母さんも、キモに銘じてください。約束を守るには努力がいりますから、その覚悟をもって、今後はわたしと交際してください。

そんなことは面倒だ、母娘なのに薄情な……と思うなら、それでけっこう。

薄情な娘は、母娘の縁を切ります。

今後いっさい、葬式以外の親戚づきあいは、ないものと思ってください。

では、これが最後かもしれませんから。おからだには気をつけて。さようなら。


なんと私は思いまどったすえに、いわゆる絶縁状を書いたのであった。

世に『手紙の書き方』という実用書は多けれど、〈親子の絶縁状の書き方〉という項目はないはずで、口舌《こうぜつ》・売文《ばいぶん》の徒となって十数年、これほど書き直し、推敲《すいこう》に推敲を重ねた文章はないほどであった。

読み返してみると、われながらリッ然とするほど覚悟にみちみちた文面で、貰《もら》った母はさぞかしボー然としたであろう。

それもそのはず、この手紙を書いたとき、私はたしかに絶縁もやむなしとまで思いつめていたのであった。

母のテレビ（声）出演を聞いたときの私のショックを書きつらねたところで、そんなものは母の心を動かさないであろう。私の恥ずかしさと怒りがほんものであったように、テレビに声出演しようと思いたったときの母の（無意識の）淋しさと切実な願望もまた、ほんものなのであった。

ここまでくると、ほんものとほんもの同士、どっちも譲れない以上、相討ちを覚悟で勝負に出るしかないのであった。

母の詫び状

さて、ご先祖さま探訪ツアーに出た私たち母娘《ハハコ》が、第一日目に宿泊したカラオケ旅館の夜、ふと母が口にした〝お見合いで大学助教授と結婚できた××ちゃん〟関係の話題によって、話は思わぬワキ道にそれたのであったが、とどのつまり、かつて私はさまざまな事情により、結婚問題をめぐって、母に絶縁状を書いたのであった。

そうして、絶縁状を書いたあとも、ふたり仲良く母娘旅行に出たということは――そう、わが母は、あの絶縁状を読むなり、すぐさま返事を書いてきたのであった。

あれほど〈二度と結婚問題その他で、おせっかいをしないと約束してくれるか、できないか。約束できると思ったときだけ手紙をください。いいわけも説明もいりません。約束するとだけ書いてくれればいい〉と書いたにもかかわらず、いや書いたからこそというべきか、それから十日ほど後に、わが家に速達で送られてきた大荷物の中に入っていた手紙は、便箋一枚半ながら、切々たるものであった。

「先日、貴女から電話があつたこととママにきき、胸とどろいて居りましたが……」

といった書き出しで、〈母の詫《わ》び状《じょう》〉は始まっていたのであった。

さまざま差し障りがあるので全文掲載はひかえるものの、どうやらわが母は、私が今回という今回は本気で、心の底から怒っていることを、ディズニーランド旅行の最終日に、それなりに感じていたらしい。

そもそも、あとで詳しく知ったことであったが、母の二度目のTV（声）出演は、数年前の手相占いのときとは比べものにならないほど周囲に大反響をまきおこし、同居している姉はもちろん、とりわけ父親が激怒したのだという。なんといっても二十五歳のときの手相占いは匿名であり、今回の場合は、本名のみならず職業、屋号までが出たという点が致命的であった。

世間体を重んずるわが父は、

「家庭内でおさめることを、わざわざテレビに出て、世間をさわがせた」

といった独特の怒り方をして母を責めたらしいのであった。

ここでいう世間が、どの世間なのかよくわからないものの、（いってはナンだけれど）いかにも半官半民の職場で四十年ちかくマジメに働いてきた男の人らしい怒り方というべきであろう。それは、まことに父らしいのだった。人は怒るにしても、その人にふさわしい怒り方をするのだ。

絶縁状まで書いた私が、あれこれいえた義理でもないのだが、どうも父の怒り方は私

とは微妙にくい違っており、

（なにも、そこまでコトを荒だてなくても……。ようするに、これは私とお母さんの問題として対処すべきコトで、〝世間〟は出てこなくてもいいよ、お父さん。当事者同士で解決がつくのに、〝世間〟が出てくるばかりに紛糾するコトって、たくさんあるしさ）とあとになってひそかに母に同情したほどだったが、ともあれ父には激怒され、姉には論評を控えられて（それがまた、姉独特の抗議の仕方というか、〝不快の念〟の表明なのであったが）、母はそれなりに家庭内で孤立していた（らしい）。

そうやって心理的に追い詰められていたからこそ、その打開策として、ＴＶ（声）出演したときの記念に、担当ディレクターかだれかに頼みこんで書いてもらった占い便箋を私に見せて、私に笑いとばしてもらおうという目論見《もくろみ》のもと、突然にディズニーランド旅行を敢行した——フシもあるのであった（あとでいろいろ情況分析してみると、どうもそうらしいのであった。その証拠に、ディズニーランド旅行を十一月末に突然きめたこと、サエコに会ったら、占いの紙を見せてビックリさせるんだとしきりと姉に話しては、姉の反応を窺《うかが》っていたこと等があげられるであろう）。

ところが、やってきた東京の最終日、占い便箋を見せられた私は、絶望のあまり、力なくぼうっと笑っていただけだった。

いつもなら、その場でヒスを起こして口ゲンカを吹っかけるはずの私が、口ゲンカどころか、ひとことも口をきかなかったことは、母を不安にさせるに充分だった（らしい）。

そうして、日をおかずに私が電話をしたとき、母はたまたま家にいなかった。帰宅して、私から電話があったことを知らされた母は、根掘り葉掘り、どういう電話だったのかを訊《たず》ねたという。すると、わが姉は、

「テレビ占いのことで、いろいろ聞かれたよ。なんか旭川の××ちゃんのお姉さんも、テレビ見てたらしいって」

「うーん。なんか怒ってるようだったけどぉ」

「ううん。べつに、なにも、バーサンに伝言はなかったよ。元気そうだった」

「気になるんなら、電話したら？」

などと、いかにも彼女らしい、アイマイ、あやふや、どっちつかずの受け答えで逃げきったというのであった。自分からよけいなことをいって母親のヒスを誘発したくないという、じつにみごとな小市民的公務員的対応といえよう。

なんともはや「世間をさわがせた」と激怒するジーサンもジーサンなら、「なんか怒ってるようだったけどぉ」でお茶を濁すママもママ（思いつめて絶縁状を書く叔母も叔母かもしれないが）、わが家はまったくもって、それぞれがビミョーに異なる価値観と処世術によって好きかってに生きているヘンテコ家族なのだった。

おかげでわが母はますます疑心暗鬼となり、ビクビクしていた。そういう情況のもとに、私からの絶縁状が届いた、らしいのであった。

そのため、母の詫び状は最初から、〈予期していた、恐れていたものがやはり来てしまった！〉という愁嘆に満ちたものとなっていた。

「（中略）……例の町内会の会合より帰宅、貴女から手紙あり……胸があやしく、手もふるえてドキドキと読み、ああ、やつぱり、ト、目前（ママ）が真暗になり……とめどなく涙流れて、その日一日なんにも覚えて居らず……ただただ悲しく、今日も朝から泣いていること家人に見られるのがいやさに終日、奥の間にこもり、貴女にあげるこの着物縫つて居り、一針縫つては涙あふれ、縫目も何もみえなくなり、ああ着物を汚してはいけないと思うそばから涙涙……」（句読点は筆者）

などとムネ打つ文章が、およそ前置きなしで唐突にはじまり、ほとんど句読点なしで〈……〉を多用して縷々《るる》、書き連ねてあるのであった。

なにかこう、ふた昔前の女学生のポエム日記のような雰囲気で、子として、まことに情けを知らない仕打ちではあるけれども、読めば読むほど微苦笑を誘われ、

（うーむ、『蜻蛉日記《かげろうにっき》』の道綱母《みちつなのはは》みたいだな、こういう、心情だけがすべてで情況描写するところなんか。千年たっても変わんないものは、やっぱりあるわ。宮仕えの女房経験がある紫式部《むらさきしきぶ》あたりが書いたキャリアウーマン業界コラムふう日記と、勤めたこと

のない専業主婦の書いた道綱母の告白手記じゃ、やっぱ文体から違ってるけど、違って当然てとこか。しかし、おのれの心情吐露に終始しながら、そのくせ、とりあえず全部の情況がわかるところが、すごい。どういう情況で手紙を手にして、そのとき、どう思い、なにをしたかというのが、なんだかんだで把握できちゃうもんなあ。これって、女の子の究極のモノローグで推移する〝少女小説〟の原型みたい。終止形がなくて、連用形づくしってとこもなー。文章になってないわりに、説得力があってリアルだし。なにかこう、千年をこえて連綿とつづく女の語りものの神髄！　って感じだよなあ）

など、さまざまに感心してしまうのであった。

なんといっても「涙があふれて縫目も見えない」などというところ、母にとってはリアルなのであろうけれども、娘にとっては様式美にあふれた表現で、うむむと唸《うな》ってしまうのだった。

さらにナミダ涙の母には申し訳ないながら、ついつい笑ってしまうのが、町内会の会合から帰ってきたら絶縁状が待っていたというシチュエイションで、この当時、町内会婦人部は、二年ごしの、奥様がたによる熾烈《しれつ》な権力抗争中であったのだった。

私もくわしくは知らないのだったが、無党派であるべき町内会の役員会で、その一、二年ほどまえから、とある新人市議候補の後援会婦人部長をつとめる近所の若い奥様が、バスハイクだの市議会見学だのの計画をもちこんでは人心をつかんで小グループをつくり、いつのまにか町内会婦人部をそっくり、その新人市議候補の後援会に取り込もうとしており、それに反対する良識派（母および彼女の仲間）を追い出しにかかっている——というのが、母および彼女の奥様仲間の主張するところであって、

（乗っ取るもなにも、この時期に、選挙になって一票投じないことには、後援会の意味ないんだしさ。選挙もない、この時期に、なんで、そういう生臭い話が出てくるんだよ。ようするに世代交代時期の町内会婦人部で、なまいきな意見をビシバシいう若くて活動的な、元気な奥さんが若手リーダーで台頭してきて、それがたまたま某市議候補の後援会会員ってだけのことでさ。お母さんたち古株グループは、その若手グループが嫌いだから、乗っ取りだのなんだの騒いでるだけじゃないのかい。どっちにしろ、そう毎日毎日、あちこちに電話したり会合したりして、話しあうようなことかよォ）

と私はひそかに思い、それとなくいったこともあるのだったが、セイギ感に燃える母は、東京にいる娘に関して不安なものを覚えつつも、〈正常な町内会活動を守るため〉の闘いに、正月そうそう励んでいた（らしい）のであった。

そうして奥様がたと活発な意見交換をして、さんざん盛りあがって帰ってきたところに絶縁状がきていたわけで、さぞかし「胸があやしく」なったであろうと、シンミリ同情しつつも笑えてきてしまって、期せずして、いくつもの小ドラマをみごとに描出している詫び状なのだった。

その手紙は、母が涙を拭いながら縫ったという黒のウールのアンサンブル、おまけとして上等の羽二重《はぶたえ》の長襦袢《ながじゅばん》も入った荷物の中に、匂い袋に結びつけるようにして入っていたのであったが、それもまた、あたかも女学校の女の子同士の仲直りを思わせる心憎さであった。

謝りの手紙とともにプレゼントを贈る——というより、プレゼントに添えるようにして謝りの手紙をそっと忍ばせるというのは、決して詫びの深さを証明するためとばかりはいえない、一種の自己救済の意味合いもあるのであった。

（アタシはここまで誠心誠意を尽くして謝った。なのに許してくれないなんて、あのヒトはなんて血もナミダもない人だろう。アタシも悪かったけれど、あのヒトも冷たいワ）

という、究極のところで自分自身を救いあげられる突破口を残しておく、まことに巧妙な詫び方といえるのだった。つまり心から詫びながらも、その一方で、これで許してくれない貴女は非道な人である、と無言で恫喝《どうかつ》しているようなものなのだ。

決して母がそれを意図してやったとは思わないけれども、しかし、泣きぬれて縫目も見えなくなりながら、貴女の着物を縫った……と綿々とつづり、その着物とともに詫び状を送ってくるセンスは、なかなかのものといわねばならない。

そもそも、そのウールのアンサンブルも、このＴＶ（声）出演事件の半年ほどまえ、

けっこう仲良く電話でおしゃべりしたおり、

「家にいて仕事をするのにラフに着られるような、ウールか絣《かすり》の着物があるといいなあ。そんな高価なのでなくて、一、二万くらいのワゴンセールで一反《いったん》買って送ったら、ササッと縫ってくれる？　内着専用にするからさ。着こなしや足さばきの練習になるし」

「そうだねえ。安い絣なんかクチャクチャになったら、丹前下《たんぜんした》とか綿入《わたい》れとか、いざとなったら寝巻に縫い直せるから、安上がりだよね」

「ああ、絣や紬《つむぎ》の寝巻もいいよね。今度つくってね」

などと他愛ない口約束をしたまま、ふたりともすっかり忘れていたことを、ちゃんと踏まえているのであった。いざ仲直りしたいと願う段になって、過去の、関係が良好だったころの口約束をパッと思いだして実行するあたり、母も涙にかきくれて茫然自失《ぼうぜんじしつ》していたばかりではない、なかなかシタタカな彼女の現実感覚がほのみえるのであったが、とはいえ、打算だけで着物を送ってきたというのはあまりに酷というもの、そこはやはり、心からの誠意が汲《く》みとれるというべきであろう。

だがしかし、誠意は汲みとれるものの、連綿とつづく文章の中に、

（二度と、結婚問題その他に干渉しない）

という肝心カナメの約束がなかなか出てこないところが、いかにもわが母。絶縁状をもらった彼女の衝撃と嘆きはあますところなく描出されているのに対して、私があれほ

ど主張した唯一のテーマについては、なかなか言及がない。

そのくせ涙にかきくれつつ着物を縫ったわが身の描写がひとまずすんだあと、やおらTV（声）出演の事情説明に入りだし、

「（中略）……けして言い訳ではないけれど、名前は出さないでと頼んでいたの。なのに本番で名前でて、びつくりするやら驚くやら……すんだことは悔やんでも悔やみきれず、ジイさんは世間知らずだからそんなことになると怒り、鬼のような顔、こんなときだけ鬼の首とつたようにエラソーにいうのが憎らしく悲しく……」（句読点は筆者）

などと書いてあって、なかなかどうも、一筋縄ではいかないのだった。

母の書いていることが正しいのかどうかはともかく、母としては、ワタシはサエコの名前を出さないで相談するつもりだった、テレビ局の人も名前を出さないと約束してくれたはずだった（と少なくとも母は思いこんでいるらしい）、なのに本番で名前が出てワタシもびっくりしたのだと。その自らの正当性も主張したあとでないと、こちらの仕掛けた土俵に上がるつもりはないらしいのだった。

一枚半の便箋のうち、ほぼ一枚がそうやって費やされ、いよいよ二枚目に突入かという瀬戸際になって、

「（中略）……貴女がゆるしてくれるなら、もう二度としないとほんとうに思つて居り……あとはただ貴女の気のすむようにと、ただただそれだけ……」

というのがついに、ついに出たのであった。しかし出たと思うと、すぐにまた、
「(それだけ……) この先のことはどうでも、この着物だけでも受け取ってもらいたい
と念じて……」
と再び涙ながらの着物関係に文意が移り、この反物はもともとは△△さん〈母のイト
コの娘さん〉の高校卒業のお祝いにでもと思って、手頃なものを買ってあったもので、
高価なものではないからドンドン着てくださいとなかなか現実的な内容に落ちてゆき、
最後の最後にトドメともいうべき、
「……長襦袢の半衿《はんえり》の付け方は雑誌等みる (ママ) して、きちんとするよう。洗濯はク
リーニング屋さんは高いばかりで汚れがおちず、自分でやるのが宜《よろ》しく、アイロンはガ
ーゼ等で当布《あてぬの》して低温で押さえるようにするとよいのです」
という、いかにもわが母らしい現実的なアドバイスで、しっかりと締《し》め括《くく》ってあるの
だった。
私の絶縁状に、母が返事の手紙を書いてきた以上、たとえそれがどんな内容の手紙で
あっても、すでに〈この先、結婚問題その他に干渉しない〉という約束を前提としてい
るのだから、この勝負、私の勝ちといえば勝ちなのであったが、しかし、いいたいこと
をすべて書ききった母もみごとというほかはない健筆ぶりであった。
ともあれ、この、涙ナミダの詫び状をもって一件落着となり、私たちは絶縁すること

なく、それどころかその九ヵ月後、ご先祖さま探訪ツアーに仲良く出かけたという次第なのだった。

なのに、そうしてやってきた第一泊目のカラオケ旅館の夜、はやくも母がキワドい〝見合い〟関係の話題を口にするとは。

もちろん、知り合いの見合いの話をしたからといって、それが直接には私の結婚問題と絡んでくるわけではない。母が私の結婚問題に干渉している、というわけでもない。しかし、明らかにわが母の中には、まだ結婚に関してのコダワリがあるのであった。お見合いで大学助教授と結婚できた××ちゃんはエラい、スゴいという賛嘆の思いがあるのであった。

「わたしは充分にしあわせ。結婚しなくても、幸せな人はいっぱいいるということです」

などと万の言葉を費やしても、それでも、母の心はいささかなりと揺らいでいなかった、彼女が詫び状を書いてきたのは、ただただ頑固な私にほんとに絶縁されるのを恐れたからにすぎなかったという事実に、私はなにかしみじみとカンドーさえ覚えそうであった。

母と娘の細雪《ささめゆき》

さて、私たち母娘の一泊目、予想だにせぬ団体カラオケ旅館の夜、母がふと口にした〈見合いで大学助教授と結婚できた××ちゃん〉関係の話題を、私はひと睨《にら》みのもとに撃退したのであったが、その夜、温泉につかりながらも、

（この先も、この話題は何回かでるであろう。よほど覚悟をかためておかねば）

翌日からの旅行のために、ひそかに臨戦態勢をとったのであった。

さて翌日、私たちは八時四十五分に旅館をでて、歩いて一分ほどのところにある観光バス乗り場まで歩いていった。その日は、一畑《いちばた》電鉄の観光バス〈おおやしろコース〉で、観光する予定であった。これは玉造《たまさく》温泉→玉作資料館→出雲大社→日御碕《ひのみさき》→島根ワイナリー→一畑薬師→玉造温泉帰着というコースであった。

観光バスは一路、玉作資料館に向かった。出雲地方にはかつて、玉つくりの工人の村があったといわれており、玉作資料館は勾玉《まがたま》つくり専門の資料館で、私は最初からここを楽しみにしていたので、資料館発行の目録など買いあつめ、あまり興味のなさそうな

母をほっぽって、ひとりで資料館をめぐり歩いた。

そもそも、私が、このご先祖さま探訪ツアーにかなりの肩入れをしたのは、行き先が島根——八雲たつ出雲で、いつか取材で来たいと思っていたからなのであった。一度は出雲大社をみなくては……と思いながら果たせずにいたところに、母からご先祖さま探訪ツアーをもちかけられ、渡りに船ととびのり、計画をたてたのであった。

おかげで資料館をでるころには、目的の三分の一くらいは果たしたような気分で満足し、さあ、つぎは出雲大社だと上機嫌であった。そして、なにげなくバス・メンバーをみまわして、ふと奇妙な思いに囚《とら》われた。

平日のせいか、その観光バスには二十人前後のお客さんがいて、中年老年の夫婦者三組をはずすと、やはり三組のカップルが乗っていた。一組がいかにもフリンふうな、年の差がありすぎる四十男と二十代前半のOLふう女性。もう一組は、互いに手を握りあい、肩をくっつけあい、行き先が出雲大社だろうがホテルだろうが、なんでもいいと思っている完全無欠の二十代カップル。残る一組が、どうして出雲大社をめぐる観光バスに乗ってきたんだと唖然《あぜん》とするような、頭をマッキッキにした二十歳くらいの男の子と、やはり赤と緑のおそるべき配色で髪を染めわけた十七、八歳の女の子という、ヤンキーカップルであった。

これだけのカップルがいれば、好奇心まんまんの母は半日は気分よく盛りあがり、た

とえばフリンカップルには、

「サエコ、あれ、男はぜったいに奥さんがいるよ、あれは。どういう関係なんだろ」

などと想像力をめぐらせ、完全無欠カップルだと、

「恥ずかしい。いくら恋人どうしだからって、あられもない……ああ恥ずかしい」

と眉《まゆ》をしかめつつも嬉しげにコメントし、ヤンキーカップルだと、

「あれは、なんなんだい、いったい。学校サボったのかね。子どものくせに、男づれなんて、不良な……」

などとセイギ感に燃えてコメントするはずなのに、母は窓際の席に座ったまま、ぼんやりと窓の外をみたり、所在なげに、もぞもぞと座りなおしたりするだけなのだった。

(体の調子がよくないんじゃないか)

とさすがの私も心配したのだったが、これはヘンだと疑惑を強めたのは、出雲大社に着いてからであった。

ぞろぞろと参道を歩きながらガイドさんの説明をうけて拝殿前にゆき、そこで自由行動となった観光バスのメンバーは三々五々、あちこちに散ってゆき、私たち母娘もまた、拝殿をまず参拝したあと、思いついたところでポーズをとっては写真をとりあった。晴れわたった秋空のした、出雲大社は思っていたよりも森厳とした雰囲気ではなく、鬱蒼《うっそう》とした奈良の春日《かすが》大社なんかと比べると、はろばろ、という感じもして、

「これが出雲大社か。なんだか初めてって感じがしないね。お母さん、昔はよく、いろんな昔話してくれたからさ。イナバの白兎《しろうさぎ》とか、出雲の縁結びの神さまの話とかさ—」

木陰をみつけて、そこに佇《たたず》みながら、私はしみじみといった。わが母は私が小学生のころから、出雲の縁結びの神さまの話をしてくれたのであった。それは正確に思いだせるかぎり、つぎなるおハナシであった。

その昔、旅の若者が出雲の国に入り、お金がなかったので、大きな神社の縁の下に、その夜の宿をとろうとした。すると自分の頭のうえのほう、お社の中で、出雲の神さまたちが集まり、ヒソヒソ話しているのが聞こえた。よくよく聞くと、

「ダレソレの家で、今日、女の赤ん坊が生まれた。いったい、だれを夫にしようか」

という相談であった。神さまたちは真剣に相談していたものの、たまたま、これといった婿がいなくて困りぬいていたとき、とある神さまが、

「そうだ。この縁の下に、ひとりの旅人が寝ておる。これを、あの赤ん坊の夫にしよう」

といいだし、他の神さまたちもそれがよかろうということになった。

それを聞いていた若者はガクゼンとし、たまたま昼間、田舎を通ってきたとき、赤ん坊の産声を聞いたが、あれが自分の妻になるのであろうか、そんなバカな、あれが大人

になるまで妻をもてないなんて冗談じゃないと腹がたち、赤ん坊を殺してしまおうと思った。

その夜（だったか、あるいは翌日だったか）、例の田舎家にゆくと、生まれたばかりの赤ん坊はくうくうと無心に眠っていた。男はすこしタメラったものの、この赤ん坊が生きてるかぎり、妻はもてないんだと思いこんでいたので、持っていた小刀でサッと顔を切りつけて、逃げだしてしまった。

さて、月日は流れて十数年後、若者はすっかり年をとっていたが、まだ独身で、それというのも、これはといった女性と出会っても、なぜかうまくいかなかったからなのだったが、かの男は昔のことはすっかり忘れて、仕事で、また出雲の国にでかけた。

喉がかわいたなあと思いながら田舎道を歩いていると、川べりで洗濯している美しい後ろ姿の女がいたので、水をいっぱいくれまいかと声をかけた。ふり返った女は、たいそう美しかったが、顔には無惨な切り傷があった。

男はどきりとして、どうしたのかと聞くと、

「わたしが生まれたとき、どこかの盗賊か、恨みのある人が、わたしの顔を切りつけていったのです。この傷のおかげで、年頃になってても嫁のもらい手がなくて、おっかさんもおっとさんも、わたしを嫌っています」

と淋《さび》しげにいい、男はとても心をいためた。傷はあるものの、女はとても美しく、そ

の傷をつけたのは自分だと思うと、申しわけなさ、いとしさが溢《あふ》れ、結局、男はその女と結婚しましたとさ。

だから、どんなに嫌がっていても、出雲の縁結びの神さまが決めてくださった相手とは、ちゃぁあんと結婚するようになっているんだよ。おまえにも出雲の神さまが決めてくださったヒトがいるんだよ——。

というのが、母が語る、出雲の縁結びの神さまのおハナシであった。母はこういう昔話をするとき、節《ふし》をつけて、前回のときとほとんど一言一句ちがわぬ正確さで語り、そうして例の、

「♪因幡の伊藤にゃ、ホウキはいらぬ。おヌエおヌイの袖で掃くぅ」

という、先祖伝来のワラベ歌も、特別サービスしてくれたものであった。

子どもだった私は、刀で顔を傷つけるというのがひどくリアルに思えてドキドキして、熱心に聞いていたのであったが、オトナになって知識もふえてくるにしたがって、

(しかし、いったい、あの話の出典はドコなんだ。なにを読んでも、あのテの話はないぞ。お母さんの創作じゃないのか)

と疑問に思うようになっていた。とはいえ、いかにもわが母が語るにふさわしい寓話《ぐうわ》ではあった。

実物の出雲大社を前にすると、そんなヘンな昔話、編み物をしながら問わず語りに語っていた母、まだまだお母さん子で、うるさがる母にへばりついては話をねだっていた純真なわが身などが思いだされ、懐かしさがこみあげてきて、ついつい「縁結びの神さま」と口をすべらせてしまったのだったが、いった瞬間、

（まずった！　よりにもよって、なんという話題をみずからだしてしまったのか。墓穴をほるとは、これではないか）

私はビクビクして、ちらりと母をみた。ところが母は、

「へー、おまえ、出雲の縁結びの話なんか、覚えてるのかい」

なんだか恥ずかしそうに笑って、それきり黙ってしまった。ふだんなら、

「そうだよ、出雲の神さまは縁結びの神さま、どれ、あたしもおまえのためにお参りしなくっちゃね」

くらいのリアクションがあるのに、そのときの母は、なにかカナしみに耐えるといった風情で、やや顎をあげて、ぼんやり拝殿を眺めているだけなのだった。

（これは……もしかしたら……）

そのとき、私はある疑念を抱いたのであったが、それが決定的となったのは、お昼食のときであった。一面、みわたすかぎり団体客ばかりの、体育館のように広々とした出雲ソバの食堂で、のびきったマズいソバをたべているとき、例の、いかにもフリンカッ

プルが、いったいなにがどうしたのか若い女のほうが泣きだし、四十歳すぎの男はいかにもオロオロと慰め、やがて二人は席をたって、いずこともなく消えてしまった。

一方の私は、あまりのソバのマズさと人の多さに食欲が失《う》せて、先にバスに戻っているからというと、食欲よりは、ひとり残される不安のほうが大きかったらしい母もあわてて立ちあがり、私たち母娘は一足先に、バスに戻ることにした。さて、そのバスのそばにいったとき、例の、フリンカップルがバスの陰で抱きあい、男のほうがなにかしきりと囁《ささや》いているのが目に入った。ようするに男が宥《なだ》め、女はグズッているのであった。

その風情は、東京あたりの、どこか真剣味のたりないフリンカップルとちがい、さすが地方というのか二人とも真剣そのもので、ひょっとしたら、このふたり、駆け落ちしてきたんじゃないかと思うほどの切実感を漂わせており、私と母は顔をみあわせて、あわててバスに乗りこんだのだったが、席に座ってしばらくたってからも、母からコメントがでない。

ちらりと母を窺《うかが》うと、窓際の母の席は、たまたま例のフリンカップルがみえる位置にあり、母はさりげなさを装いつつも、まじまじと窓ガラスごしに眺めているのであったが、そういう母をみている私に気がつくと、あわてて顔を正面に向け、しかし生来の好奇心は抑えがたく、糸でひっぱられるように、そろ、そろと顔が窓のほうにゆく――という繰り返しなのであった。そのくせ、それを隣に座っている私にバレないよう、彼女なりに気をつかっているのがアリアリであった。

ここにいたって私も、

（お母さんは、あたしの前でカップル関係の話はするまいと努力しているんだ！）

と気づかないわけにはいかなかった。前夜、ひさしぶりの母娘旅行に気がゆるみ、ふっと口をすべらせて、いつものように見合い関係の話題をだしたものの、娘である私は、

「あの約束は忘れたのか。結婚その他については、いっさい口出ししない約束を」

とばかりに睨みつけ、母はあわてて口をつぐんだ。

どうやら、あのひと睨みが、母にはいまさらながらショックだったらしく、これまでの母娘旅行ではありえなかったことだが、みずからの行動パターンを自制しているらしいのであった。もしかしたら、それまで忘れていた絶縁状のことを思いだしたのかもしれない。

それは私にとっては、たいそう喜ばしいことに思えたのだったが、しかし、喜んでばかりもいられなくなったのは、お昼食のあと、日御碕にいったときであった。

日御碕神社はけっこう階段をのぼり下りせねばならず、そうこうするうち、めっきり体力のおちた私は疲れてしまって、灯台にまでいく元気が薄れてしまい、土産物屋さんが建ち並ぶ一角のお店で、イカ焼きとビールを頼んで、のんびりすることにした。母もまた、絶対にひとりで行動する人ではないので、お店に入った。

「お母さん、ビールのむ？　イカは？」

「そんな、おまえ、お昼たべたばっかりで、もったいない」

　謹厳実直に生きてきた母は、自分の欲望のままにお金を使うという習慣がなく、たとえば疲れて一休みしたいときに喫茶店に入るのは贅沢《ぜいたく》、ベンチをみつけて座っていればよろしいという人であるから、このセリフはいかにも母らしいのだったが、「もったいない……」といったあと、その後が続かず、母はむっつりと黙りこんだ。

　そのとき私はハタ、と気がついたのであった。これまでの母娘旅行が、いかに母の結婚関連の話題に支えられてきたかを。近所のだれそれが結婚した、幼馴染《おさなじ》みの××ちゃんが女の子を産んだ、同級生の△△さんが離婚したｅｔｃｅｔｃ――。

　さらにまた、旅先でカップルをみつけるたびに好奇心たっぷりに、アレコレとコメントを発しては、私が反発し、反発されることでますます依怙地《いこじ》になった母が、

「おまえ、いい人いないの」

「仕事ばっかりしてるから、そうやってギスギスとウルオイのない人間になってさ」

　などといわずもがなのことをいい、なおいっそう私が反発して緊張感あふれる旅が展開されていたのであったが、今回はそれがないのであった。

　いや緊張感といえば別種の緊張感はあるのであって、それはひとえに、母の内部にあるのだった。ふとしたことで気をゆるませて、見合い、結婚、出産関係の話題を口にし

てはいけない……という、これまでの彼女の人生で、ほとんど初めてといっていい禁欲をかかえこんだ母は、自分では意識しないながらも傍目《はため》にはかなり緊張し、そのためにイヨーに無口になっているのだった。

（はあー、束縛はイヤだ、抑圧されるのはヤダといってるあたしが、お母さんを抑圧してるのか、つまり……）

私がそのときに抱いた思いは複雑であったが、ひとことでいうなら、それはつまり、そういうことであった。自分にとって不快な話題を封じることが、母を抑圧しているというのは目からウロコが落ちるような発見、ショックであった。

このあと島根ワイナリー、一畑薬師にゆき、観光バスは松江市内に入り、某旅館の前で私たちを降ろしてくれた。

その旅館は宍道湖に面した絶好のロケーションにあり、ガイドブックでそれを確認してから予約したのであったが、しかし、私が内心望んでいたような、純日本風のくつろげるお宿というのではなく、鉄筋コンクリート建てのフツーの観光旅館であった。

お部屋に通してもらい、荷物をおいた私は、まだ夕食まで時間があるのをさいわい、かなり強引に、母を松江城に連れてゆくことにした。なんだか急に、母に対して、申し訳ないような気がしたのであった。

（しかし、まさか結婚関連をヌキにすると、ここまで母娘の会話がはずまないとは……)

それは思いもかけない発見であった。考えてみれば、私から母に提供できる共通の話題はそうはないのだった。仕事のグチはいわない質《たち》だし、そもそもグチをいいたくなるほどの苦労もない。友人問題の悩みといっても、それを母にいったところで解決策がでるわけでなし、まして恋愛問題など、すぐに結婚問題に結びつけられるから鬼門であった。

そうなれば、いきおい二人の話題は、母からの一方的な提供となるのであって、

(そうかー。お母さんはなにかといえば、見合いや結婚、せいぜいが近所の噂話《うわさばなし》しかしないと怒ったところで、それに代わる話題を、こっちが提供しない罪というのも、あるといえばあるのではないか。年老いた母と、中年の独身娘の関係には)

そう思ったのは、三十年にわたる娘生活で初めてのことであった。

松江城の大手前でタクシーを降り、大手門跡あたりを歩いてゆくと、おりしも城跡内のどこかでお茶会があったらしく、和服姿のお嬢様、奥様たちが出入りしていた。

「あら、あの人の帯、いいねえ。ほら、童子のひとつ模様で」

母はめざとく、ある若奥様をみつけていった。卵色の綸子《りんず》らしき上品な小紋に、グリーンにちかいポイント柄の帯をしめた若奥様は、じつに美しかった。あちこちに散らばるお嬢様たち、奥様たちの和服はさまざまで、色紋付きもあれば訪問着もあり、一方に

小紋や染め大島もあり、お嬢様たちはだいたい振袖姿で、その様子からして、お茶会は正式なものではなく、着物会を兼ねた園遊会のようなものかもしれなかった。

「あれ、お母さん、ほら、あの薄茶の草木染めの更紗《さらさ》、いい趣味だわ。みてみて」

「あー、あれは帯締めがちょっと……。それより、あの総絵羽《そうえば》の訪問着、あれはどうみても大島だよ。今は、大島を総絵羽で染めるなんてこと、するんだねえ。訪問着として、着れるんだろうか」

母がいう和服は、たしかにシワの寄りぐあいからみて大島で、それを全体に薄いグリーンで幾何学模様に総絵羽で染めるという、手のこんだものであった。ただ、帯がやや織りのうるさい白っぽいもので、チグハグであった。

「ああいう着物には、帯はどうなるんだろうね」

「それはやっぱり、金糸銀糸の入らない織り帯だよね。博多献上《はかたけんじょう》あたりかねえ。だけど、訪問着に博多献上っていうのは……」

「大島に染め帯っていうのも粋でいいんだよ。この前、雑誌でみたしさ」

「最近は、和服もいろいろになってきて、ワケわかんなくなってるよ。あら、あの若い人の振袖……」

母が目でしめしたお嬢様は、今ハヤリの一色ものの真っ赤な振袖に、黒と金の帯を変わり結びしているのだったが、裾まわしの部分が三センチほども出ており、なんだか旗本退屈男のドテラみたいな着物を思わせて、ちょっと滑稽であった。

「あれはちょっとね……」

と私が笑いをこらえていえば、母は真面目な顔つきで、

「昔は、あれくらい出してたんだよ。でも、今はねえ、ちょっと野暮ったいよね。あれ、縫った人が古い人なんじゃないのかい」

とものしり顔にいい、私たちはいつのまにか目についたベンチに腰かけて、目の前を通りすぎるお嬢様、奥様たちの着物ひとつひとつを品定めしていた。

おりしも、ちょうど夕刻せまるころ、さすがに季節は秋だから桜はなかったのだったが、背後には松江城、木々がさやさやと風にさやぐ音もして、目の前を通りすぎる着飾ったご婦人たちの品定めをしていると、なにかひどく優雅な気もちになり、私はふと『細雪《ささめゆき》』の世界を思いうかべていた。母も目にみえてイキイキとしだしていた。

思えば着物の話をしているかぎりは、経験者である年長の母の意見は貴重なものであり、私も素直に耳を傾けるし、そうなれば、ますます母は自分の記憶をたどり、経験を総動員して、まちがいのないよう誠実に話すのだった。

しかも、どこまでも着物の品定めで、もちろん着ている人の趣味のよしあしは話題にしても、べつにプライバシーにまで踏みこんでどうこう、という粘っこさがない。

(そうか。『細雪』の世界ってのは、女が角《つの》つきあわせなくていい極上の文化なんだ、

つまり……。はあー、そうなのか。やっぱり人間関係を練ってきた大阪には、マナブべきことが多いわ。そういや、いかず後家《ごけ》って言葉も、なんか大阪ぽいもんな)

中年の独身娘が、母親と表向きだけでも角つきあわせることなく、とりあえずコミュニケーションをとり、人間関係をこわすことなく付きあってゆける秘訣《ひけつ》のひとつを、私はこのとき学んだような気がしたのであった。

娘が母に離婚をすすめるとき

さて、一泊目のカラオケ団体旅館、二日目の今ひとつノリの悪かった島根観光など、さまざまな曲折があったものの、私たち母娘はそもそも、ご先祖さま探訪ツアーに出たのであった。

二泊目の某旅館もまた、ひそかに望んでいた純和風のお宿ではなく、夕食も前夜に比べれば、すくなくとも器などの点では向上していたものの、いかにものお料理であった。さらに宍道湖に面した絶好のロケーションにありながら、なぜか温泉浴場は地下にあり、さほど広くもなく天井もひくい浴室の浴槽の中には、クマやゾウをかたどったタイル製のドームが点々とあった。あたかも幼稚園の庭がそのままお風呂になったかのごとき風情のなさで、この時点で、私は心を入れ替えたといってよかった。

今さら宿や食事に固執するのはやめて、翌日の伊藤家（仮名）別家《べっけ》訪問にすべての関心を絞りこむことにしたのであった。

お風呂からあがった母が、孫たちの声ききたさに北海道に電話するといって、いそいそと電話に近づいたところで、私はすかさず忠告した。

「お母さん、北海道に電話するまえに、伊藤の別家さんに電話したほうがいいよ。今、松江温泉にいますって。明日は列車にのって、昼には三朝温泉につくからさ。地図からみて、車で三十分か四十分で別家さんのお家につくから、余裕もって、二時に伺いますってご挨拶《あいさつ》して」

「……やっぱり、お母さんがするのかい」

電話のまえに座りこんだ母は、もじもじと膝《ひざ》のあたりを調《ととの》えながら、恨めしそうに私を見た。私に代わりに電話してほしいのがアリアリであった。

もともと訪問の前日に伊藤家に連絡をいれることは、手紙で知らせてあったのだったが、母はずっとそれを気に病み、どういう挨拶をしたらいいかと、出発まえにもたびたび問い合わせの電話を、私のもとにかけてきたものであった。

母はどういう性格なのか、町内会や、飛行機でとなりあった見知らぬ人など、いわばプライベートな行動圏だと信じられないほど大胆な行動をとるわりに（テレビ出演も、母にとってはプライベートなことなのであった）、いざ〝出るところに出る〟となったとたん、異常に気をうわずらせる。といういい方が厳しすぎるなら、人見知りする少女のようにハニカムのだった。

「お母さんはただの田舎のバーサンだし、おまえ小説家なんだし、おまえが電話したほうが……」

何度も受話器をとっては置き、置いてはとりしながら、母はいった。ふだんは娘が〝小説家〟であることに一文の価値もおいてないくせに、こういうときだけウマイこといって……と内心では呆《あき》れながら、

「関係ないでしょ、そんなの。ご先祖の話きくんだから、すこしでも血の濃いほうが、向こうさんだっていいんだから。地方になればなるだけ、トシがものいうから、お母さん電話したほうが、別家さんも安心するよ」

私は冷たくいった。母はふーっとタメ息をつき、しぶしぶ電話をした。二、三回のコールサインで、お相手が出た。

「あっ、あのっ、伊藤さんですかっ。伊藤○○さんで？　あの、あの、ワタクシ、北海道の……ええ、えーえ、そうですっ、えーえ、いま松江温泉で……あらー、まー、ご心配かけて……あらーっ……」

キーのあがった声で、母はしきりと感嘆詞を発しながら、別家さんに挨拶をした。電話のやりとりからして、別家さんでも連絡を待っていたようであった。

さて、わが母がご先祖さまの墓参りをしたいといいだしたときは面食らったものの、さまざまな準備をするうちに、しだいに私もご先祖さまに興味をもちはじめていた。

もともと小さいころから、〝出雲の縁結びの神さまの話〟だの、それに関連して、
「♪因幡の伊藤にゃ、ホウキはいらぬ。おヌエおヌイの袖で掃くゥ〜」
というワラベ歌をきかされたりして、ご先祖さまは身近であった。

さらに母の実家には（黒住教の）天照大御神《あまてらすおおみかみ》を祀《まつ》った神殿のある十畳間＋八畳間の大座敷があり、ことあるごとにそこに親族が集まって宴会をやり、そこでは当然のごとく北海道に渡ってきた伊藤家の張本人、千蔵曽祖父《ひいじい》さんの苦労話が出たりして、なんというか北海道入植の歴史がそれとなく漂っているような雰囲気が、二十年ほど前までは残っていて、これを機会に詳しいことを知りたいと思うようになっていたのであった。

とはいえ、私が生まれたときには千蔵曽祖父さんはすでに亡くなっており、いわばご先祖にまつわるすべては、結局は私にとって、ドラマチックなフィクションみたいなものなんだなと実感したのは、別家さんと電話で話す母が、みるみるうちに目に涙を浮かべるのを見たときであった。母はみっともないほど取り乱し、

「あらぁ、まあ、わざわざお墓を掃除してくださって……？　ああまあ、あら〜、そうでしたか、ジャガイモ、つきましたか。いーえー、お粗末なもので……」

などと脈絡のないことをいいつつ、しきりと鼻をすすっていた。母にとって千蔵さんは祖父で、ちゃんと生きている姿を見ているぶんだけ、その縁つづきの人と話しているうちに感極まってくるらしいのだった。

その気持ちはよくわかるのだったが、すでに電話をかけて二十分ちかく経過しており、しだいにアブないものを感じた私は、おずおずと腕時計を指さしつつ、

（つもる話は、アシタ……といって、もうきったほうが……）

と口を大きく動かして忠告した。しかし、興奮の極致にいる母は眉《まゆ》をしかめて顔を歪《ゆが》めながら、

（わかってるよ、うるさいねっ）

とじゃけんに片手をふりつつ、あらー、まー、と感嘆詞を発しつづけた。私はいよいよアブないものを感じた。ここまで頭に血がのぼった母は、これまでの経験からいって、ほんとにアブないのだった。

「あー、別家さんの声、死んだジイサンに似てるんだよ。やっぱり、血のつながりっていうのは、こういうものなんだねえ」

頬を真っ赤に紅潮させ、目を涙でしょぼしょぼさせながら母が電話をきったのは、それからさらに十分後であった。

「そう。じゃあ、なつかしかったしょ」

用心ぶかく相槌《あいづち》をうつ私など、すでに眼中にないといった感じで、母は感情のたかぶるまま感情のおもむくままに、すぐにピッポッパッと電話のボタンを押した。

「もしもし、あ、△△ちゃんかい。そうだよ、オバーチャンだよ。ちゃんとご飯、食べ

たかい」

町内会のモメゴトを奥様仲間と電話でしゃべるうちに興奮して、電話をきるやいなや考えをまとめたりする余裕もなく、すぐさま次なるお仲間に電話するのと同じように、母はただちに自宅に電話した。電話に出たのは、いまや自立しつつある姪《めい》っ子ではなくて、いまだ祖母（この場合の母）の溺愛《できあい》のなかにいる甥《おい》っ子らしかった。

ご飯は食べたか、お風呂に入ったかとこまごまとチェックしたあと、ふいに、

「あら、ジイサン」

あからさまに、とげとげしい口調に変わった。甥が気をきかせたのか、そばにいたわが父が強引に受話器をとったのか、ともかく父が電話に出たらしかった。

母はみるみるうちに口かずが少なくなり、いかにもウンザリしたように眉をしかめて、

「ウン……ああ、そう……わかってるって……ハイ……」

まるで生活指導室によばれて、生活指導係のセンセイにお説教されている中学生のように、なげやりに受け答えた。その受け答えからして、父はいかにも父らしい律儀さで、遠く離れた北海道から、母にあれこれとアドバイスをしているらしかった。

父はまったく律儀なヒトであって、その昔、すでに高校生になっていた私が新しいメガネをあつらえに、札幌のゆきつけのメガネ屋にゆくときでも、きっちり地図を書きながら、

「駅を出たらなサエコ、この道を渡ると、五番館（注・今は西武になっている）が左にあるから、それを見ながらまっすぐ歩くんだぞ。十分くらい歩いたら、〇〇堂が左手にあるから。大丈夫か、大丈夫だな。いいか、二十分歩いても店が見つからないときは、歩いてきた道を、そのまんま引き返してな。ヘンな道に入ったらダメだ。メガネ屋の電話番号、生徒手帳に書いとけ。店がわからなくなったら、電話して、ちゃんと説明してもらうんだぞ。そしてな、店の人に会ったら、メガネが古くなったから、ついでに検眼もしてくださいっていって……」

まるで愛娘《まなむすめ》がアマゾンに冒険旅行にいくのを見送るごとき悲愴《ひそう》さで、こまごまと説明したものであった。なにしろ道順から、店の人にいうセリフの一言一句まで指導されたあげく、リハーサルをさせられるのであった。

これでも次女の私などまだ放任されていたほうで、姉の打ち明け話によれば、姉が小学校にあがったころ、書道をやっていた父は『学校での心得』といったものを厚紙に書いて張り出し、登校まえの姉をそのまえに立たせて、

「ひとーつ、お返事の声はちゃんと出すこと。ふたーつ、おともだちに迷惑をかけないこと――」

といった朝の朗唱をさせていたという。姉が大学生になっても門限というものがあり、姉が大学一年生のときだったか、夜の十時を過ぎても電話がなかったので、たまたま非

番で家にいた父は駅まで迎えにゆき、改札口から出てきたコンパ帰りの、ほんのすこしお酒の匂《にお》いをさせた姉を見るなり、平手打ちした——というほどのものなのであった。

絵に描いたような優等生の姉は、泣きながら二階の私たち共同の部屋に駆けあがってきて、枕《まくら》に顔をうずめて、ひとしきり泣いたあと、

「あたしは親になっても、絶対に子どもたちを束縛しないよ、サエちゃん。お父さんやお母さんが悪いわけじゃないけど、あたし、これを反面教師にするんだ（↑時代のせいか、ナツカシイ言葉であった）」

などと宣言していたほどであった。

ありがたいといえばありがたい父性愛であったが、しかし私たち娘は常日頃、

（過保護もここまでくると……）

とウンザリしていたのも事実なのだった。そしていまや、退職した父は、ホカにすることがないという現実的な理由ともあいまって、その興味と関心をいっきに家庭内に集中させ、母に対してまでも、こまごまと日常の指導をしているらしいのであった。

それを思うと、母のなげやりな受け答えが理解できないわけではなく、それにしても事態はいよいよアブないものになっていくのを感じないではいられなかった。そして、とうとう、ソレはきた。

「……わかってるって！　もう、電話きるからっ」

いつもの母なら、もう五分や十分くらいはきき流すし、もうすこしは穏やかないい方もするはずなのであったが、すでにかなり感情が昂《たかぶ》っていた母はほとんど金切り声でそういい、ガチャンと受話器を置いた。私は部屋にそなえつけの冷蔵庫からビールをとりだしてコップにつぎ、ベランダのイスにこしかけて飲みながら（その某旅館にはベランダがあり、それだけでも一泊目の旅館よりリッパであった）、覚悟をかためた。いよいよ、くる、という感じであった。

「あの、モーロクじいさんには、もう、ホントにイヤんなる！」

電話のまえに座りこんだまま、母は第一声を発した。

「いいかげん退職して十年たって、世の中のことナーンもわかんなくなってるくせに、いまだに自分が出てかなきゃ、なにごとも始まらないと思ってんだから！」

「…………」

「だいたい、これまでだって、あのヒトがほんとに、なにか自分で動いて、したことあるかい、サエコ」

「…………」

「土地の登記だって、株のことだって（べつにわが家は、財テクで株をやっていたのではなく、この場合の〝株〟というのは、二十五年ほど前の一時期、定期預金がわりに二部上場の薬品会社のをチョット買っていたことがあり、そのときのことを、母はあたかも昨日のことのように引合に出してるのであった）、自分じゃなにひとつ動かず、段取りしたのは、あたしなんだから。そのくせ表向きは、主人にきいてってお父さん立てて、ハンコつくときも、ぜんぶ、ハイ、お父さんて書類そろえて。そうやって、なんでもかんでもお父さんお父さんて立ててきたから、なんでも自分でやった気になって……！」

「………」

「毎日毎日、テレビのまえに座りこんでテレビ見てるジーサンに、なにがわかるっていうのさ。人のいうこと、なにひとつ聞きもしないくせに、自分のいうこと聞かせようとして、ああ、もうウンザリだわ。あの陰気な声きいただけで、ゾッとする」

そのほか、さまざまな過去のできごと——○○（姪のこと）が習字で金賞とったのだって、あの子にもともと才能があるからなのに、あの子はデキた子だから、オジイチャンのおかげだとか口上手なことというから、いい気になって、イヤがる△△（甥のこと）をつかまえて教えてやるってシツコくいって、うまく書けない△△を殴っただの、その他いろいろ——今となっては忘れたけれど、過去十数年のことを例に出して、母はますます感情を昂らせて、ポロポロと涙をこぼしはじめた。

娘からみると、まるで戦意高揚させるためにワザとやっているとしか思えない執拗《しつよう》さで、記憶の箱から、無限に過去のできごとをとりだしてきて語り、語ることでますます感情が昂るという悪循環に、母はまたも入りこんでしまったのであった。母娘旅行の最大の難関は、私の結婚関連の話題をべつにすれば、じつはコレなのであった。かならず、一度はオットへの鬱屈がバクハツするのであった。

〝家〟から離れた気安さと自由さのせいで、家では我慢していたさまざまのことが一気に噴き出してきて、それは考えようによっては、年に一度のお祭りでいっきに生のエネルギーを爆発させる〝農耕民族の血〟みたいな感じもするほどなのであった。

母にとって、母娘旅行は日常からの脱出、ハレのことであって、その気持ちはわからないでもないのだったが、しかし一方、エネルギーの爆発を受けとめねばならない娘のほうは、なんとも消耗してしまうのであった。

それだけ不平フマンのある夫婦生活を送りながら、娘にシツコく結婚をすすめる母の気持ちがわからないといえばわからないのだが、母には母の論理があるのであろう。〝夢の夫婦生活〟のようなイメージが母にはあって、自分では叶《かな》えられなかったぶんだけ、それを娘の手で実現してもらいたいのかもしれない。よくわからないが。

野球選手の夢やぶれた星一徹《ほしいってつ》に育てられた星飛雄馬《ひゅうま》のごとき父子関係の悲喜劇が、〝結婚〟を軸にして、母と娘の間で展開されているようなもので、つくづく星飛雄馬は野球界になんか入らず、せめてサッカー選手にでもなったほうがよかったのだ。

「何十年も生きてきて、これからも、あんなジイさんのお守《も》りしてかなきゃならないのかと思うと、ホントにもう……！」

「――わかった、お母さん。離婚しなさい」

私はコップのビールを飲みながら、静かにいった。数度の母娘旅行をへて、それなりに修練をつんでいた娘は、じつは今回の旅行に関しても、いくつかの切り札を用意してあったのであった。母はあっけにとられたように、ポカンと口をあけた。

「え……」

「お母さんとお父さんが、いろんなことで食い違ってきてるの、あたしも知ってるしね。ともかくお母さんはもう、お父さんがキライなんでしょ」

「……それはそうだけど……」

「だったら、無理して一緒に暮らすことないわ。まえまえから、そう思ってたんだ。あたしもこういう仕事してるから、いいトシした夫婦の離婚専門にやってる弁護士も知ってるし。じつは電話番号もふたつばかし、調べといたんだ。まえに、講演会で一緒になったセンセイでさ。ちゃんといい弁護士たのんで、退職金から家土地、ぜんぶ半分とれるようにしてあげる。離婚しなよ」

「いや……サエコ……それは……」

「子どもたちも大きくなって、もうママたちだって同居しなくてもいいんだろうし。お母さんたちが離婚するってことになれば、きっと家さがして独立するよ。お母さん、そっちにいってもいいんだし」

「え……」

ノリやすいというのか、〝離婚〟という破壊的言葉に衝撃をうけたものの、すぐに姉夫婦と同居する自分、愛する孫にかこまれ、そこに口うるさいジーサンがいない生活をポッと想像したようであった。そういうところ、母はどこまでも素直なのであった。私はさらに詰めていった。

「まあ、ママ夫婦の家に同居ってことになれば、今までみたいに、パパに気を遣わせてた生活が逆になって、こんどはお母さんのほうが気を遣わなきゃならないけど、今までサンザン、パパに気を遣わせてきたんだしね。ちょうどいいよ」

母はぎくりとしたように、私を見返した。

「ママ夫婦と同居がイヤなら、アパートに住んでひとり暮らしするのもいいしさ。キライな人間と顔つきあわせて、毎日毎日、声きくのもイヤだって暮らしてるより、よっぽどいいって。あたしも今なら、お母さんにすこしくらい生活費送れるから。そうしな」

「そんな、サエコ、ユメみたいなことといって、世の中……」

「ユメじゃないって。お母さん、お父さんのこと、キライなんでしょ？　そうなんでしょ？」

「いや……まあ……」

「私とママで、ちゃんと話しあって、お母さんの生活費の分担とか考えるから。お母さんもまだ体が動くうちは、働いてさ。ビルの掃除とか、いろいろあるし」

「ビルの掃除って、おまえ、お母さん、このトシで働いたら、世間が……」

「いいじゃん、そんなの。世間さまに、あそこは娘さんが稼いでるのに、トシくった母親を働かしててってカゲグチきかれても、痛くもカユくもないもんね。働いて、自分のクイブチ稼ぐのはいいことだよ。お父さんの年金だの退職金だのアテにしてて、そのくせ、お父さんがイヤだから、身動きとれなくて文句も出てくるんだって」

「お金っていうけど、お父さんが退職するまで、無事に働いてこれたの……」

といういつもの決まり文句が出てくるのを、私は大きく頷《うなず》いて受けとめた。

「そうそう。それはお母さんのおかげだよ。あたしはそういうの、わかってるよ。だけど、お父さんはそう思ってないんだもん。自分ひとりで妻子のために我慢してきたと思ってんだもん。お父さんはホント、そういう気持ちでいるんだしさ。今さら、六十五年も生きてきた人の考え方、変えさせようってのがムリなんだって。ムリなのに、わかれー、わかれー、アタシに感謝しろって思ってるから、お母さん、不満タラタラなんだよ。もう、お父さんにそういう期待するの、やめなよ。期待するから、不満があるんだって。このさき無事に生きて二十年、不満ばっかりで暮らすの、お母さんもイヤでしょ。伊藤の家系は、みんな長生きだしさ。伊藤のジイさんなんか、脳溢血《のういっけつ》で倒れて十五年も生きてたんだから」

「いや……だって……」

「イヤなヤツにお金だしてもらって生活するより、自分でクイブチ稼いだほうが、せいせいするって。お父さんだって、お母さんと離婚して、ママたちも出ていって、オレの稼ぎでもてた家だって思ってる家に、ひとりで暮らすといいんだよ。ひとりでお風呂わかして、ご飯つくってさ。お母さんのありがたみもわかるよ。そんとき、ザマーミロって舌だしてやんな。気持ち、いいよお」

「そんな……」

興奮のあまり真っ赤になっていた顔がみるみるフツーの顔色になり、母は本気かどうかを探るように、上目遣いに私を見た。もちろん母は、私が口にすることが常に本気であること、けっして、その場かぎりの思いつきをいう娘ではない次女の性格を知っているのであった。

備えあれば憂いなし。経験は人をカシコくする。

私はただ母をやりこめて不満を封じるためにではなく、そこまで本気で考えて、じつは説得力を増すために弁護士の電話番号まで手帳に記したうえで、このご先祖さま探訪ツアーに臨んでいたのであった。

退職した父よ、もはや娘はあなたの味方ではない

さて、ご先祖さま探訪ツアーの中日《なかび》、いよいよ明日は伊藤家（仮名）の別家《べっけ》さん宅に伺うという前夜、いつ果てるともしれない母のグチに、私はあっさりと、

「離婚しなさい」

といいきったのであったが、それは決して、その場の思いつき、母をやりこめて黙らせるための方便というわけではないのだった。私なりに、いろいろ考えた結果なのだった。

そもそも娘のみるところ、世間一般の妻なみに、ときおりヒスは起こすものの、ここ一番というときには必ず夫をたててきた平々凡々たるわが母が、いつごろから夫への不満をアラワにしてきたかといえば、これまた世間一般どおりかもしれないが、じつに十余年前、父の退職を機にしているのであった。

その意味で、新聞などでよくみる「退職を機に、妻が離婚を申したてる」という老年夫婦の離婚問題は、正しいの間違っているのというリンリ問題以前に、私にはなにか実

感として、

（そういうこともあるだろうなあ）

　という気になるのだった。

　夫婦の黍《きび》、いやさ機微、まして妻の心理など知りようはずもない独身女ではあるけれど、父が退職してからの母、そして父をみていると、

（そーかー、お母さんくらいの年代の専業主婦というのは、意識してる人であれ、無意識の人であれ、給料もってくる夫に、遠慮というかヒケ目というか、やっぱ〝養ってもらってる〟〝食べさせてもらってる〟という気持ちがどこかにあって、自分では我慢してるとは思わないで、我慢してたことがイロイロあった、わけだなあ。それが夫が給料もってこなくなったとたん、自分でも気づかなかったガードがとれちゃって、一方の夫のほうは平和なもんで、妻が我慢してた、我慢させてたとも思わなくて、今までどおりにコトを運べると思いこんでて、そこに亀裂がショーずるわけだなあ）

　と愚考したりもするのだった。

　というのも、わが父母《チチハハ》の最初の食い違いというか、ボタンのかけ違いをまのあたりにしたのは、くしくも、わが父が退職したときのことなのだった。

　父はそれまで給料まるごとを母に渡すようなリチギな人であったのだったが、どういう心境の変化なのか、退職金をまるまる父の判断で、なにごとかに運用したのであった。

べつに株などではなく、ようするにドコの銀行に預けるとかなんとか、そういうことを自分で決めて、自分で手続きしたらしいのだった。

それについては、知り合いが関係している銀行筋に頼まれたとか、先輩の息子がやってるナントカ保険に入ったとか、いろいろ行きがかりがあったらしい（ここのあたりは、子といえど礼儀というべきか、なるべく詳しいことを耳に入れないようにしていたので、詳細についてはわからない）。ともあれ事実としては、父は母にいっさいの相談なしに、退職金を自分で処置したのであった。

母の、父に対するシッボウ、妻としてやってきた三十数年はなんだったの的アイデンティティの喪失は、そこから始まった、ように見うけられるのだった。

別にお金の問題ではない、そういったことをなぜ、アタシにひとことの相談もなく自分勝手にやってしまったのかというのが母の言い分であり、何十年も文句ひとついわず働いてきたオレが、自分の考えで好きなようにやってナニがわるいというのが父の返事であった（らしい）。

そこから事態は紛糾して、自分ひとりが我慢して働いてきたと思っているの、アタシが家のことをぜんぶ引きうけて、後顧の憂いがないようにしたんじゃなかったの、アタシだって働くときは働いて、そのうえ家事全般をやってきた、それを恩にきせたことが一度でもあった!? という母のもっともな怒りがあり、文句があるんなら出ていけ！

という売り言葉に買い言葉的やりとりとなった。

この「文句があるんなら出ていけ」セリフに、退職直後の父の、それなりに動揺も感傷もあったであろう心情が、くみとれるであろう。本来、父はこういう物言いをしない人であった。しかし、母にとっては「とうとう、お父さんの本心がわかった！」という致命的ダメージとなり、そんなこんなで、いやもう父が退職したばかりのころは、文字どおり、わが家は火宅《かたく》であった。

学校を卒業したあと両親と大喧嘩《おおげんか》して、勘当するの勘当されてやるのという大騒ぎのはてに家を出ていた私が、そろそろホトボリもさめて、何ヵ月に一度かは実家に帰るようになっていたのは、おりしもその時期。不運といえば不運、タイムリーといえばタイムリーというべきか、父と母のジンギなき闘いのそもそもを、私は目撃していたのだった。

気分はお客として実家に戻り、かつては自室だった部屋にはいって、さて寝ようかという真夜中、わが母はふらふらと部屋にやってきては、とわず語りのように、

「あたしがお父さんを甘やかしてたのさ。だから、なんでも自分でやってきた気になって、お山の大将になってるんだ。あんな自分勝手な人とは思わなかった。口ベタな人だけど、ちゃんとわかってくれてるんだと思ってたよ。何十年も夫婦でやってきて、こんなメにあわされるなんて、あたしの人生って、夫婦って、夫婦って……」

などと目に涙を浮かべながらウッと言葉につまり、ほろほろと泣いていた。泣き崩れるその姿は、こういってはなんだけれど、ながい母娘のつきあいでも初めて見るというほど、はかなげであり、心ウツものがあった。

権威としてかぶるべき何物もない人間、それまで当然のようにもっていた肩書を失った人間のよるべなさというのか——××の妻として、××家を差配し、すべて把握して当然と思ってきたのを当の夫によって否定されてしまった母は、心底、傷ついており、そういうときの人間の顔には、(冷酷なようだけれど)嘘《うそ》がないから、ほんとうに美しい。私はときどき、お母さんはまるで娘みたいな表情してると、口には出さないまでも思ったものだった。私が心情的に母の味方になっているとすれば、そのときの母の傷つきようをまのあたりにしているからなのだった。

そのときに、もっと親身《しんみ》になって話し相手になっていれば、その後の展開もまた違ったものになっていたのかもしれないが、こちらもそのころはメシのタネをかけて格闘していたのだった。

それにまた親身になって話し相手になったところで、しょせん二十代前半、経験不足の若い女の子、たいしたことはいえなかったであろう。

かくして父にとっては念願の引退生活が、母にとっては失望のはじまり、主婦として、妻としての自分をまるで認めていない(らしい)夫と顔をつきあわせているのは、さぞや口惜《くや》しいことであったと思われる。

父の顔をみるたびに、この先、なにをやったところでコイツは当然と思って、ありがたいとも思わないんだと思えば、料理ひとつつくるにも張り合いも気力も失せるであろう。それが人情というものである。

今となってみれば、やはり父にいささかの非あり、せめて退職した夜にでも、退職金の現ナマを母の膝元に山づみして、

「あんたにもいろいろ苦労かけた。今まで、うまいことは何ひとついえなかったけど、あんたがいたから、ここまでやれたとホントに思ってるのさ。これは、あんたとオレでやってきた証拠みたいなもんだなァ。これっぱかしだけど、よくやってきたさ。これからも、よろしく頼むな」

ぐらいの芝居をひとつ打ってくれれば、ケチなわりに根は純情なわが母はコロリとたであろう。そもそも、そういうアザトい芝居心がないのが父のいいとこではあるのだが、それにしても、そういう気持ちが少しでもあれば、まだよかった。

その後の父の展開をみていると、どうも母に対して、「あんたにも世話をかけたさ」的心情に欠けているのが、問題といえば問題であった。感謝の気持ちはありながら、昔気質だから口に出していえないというハニカミがあるのではないか——とも思ってみたのだが、ハニカミがあるならあるで、それらしい気配というものがあってしかるべきだ

が、それもなかった。

やはり退職というものを前にして、父は自分の人生をしみじみと回顧し、ひとり感傷にひたっていたのであろう。内気な父としては当然のことだが、そこに母の存在というものが抜け落ちていたのが、なんとしても一世一代のミスであった。

それもまた父自身の事情というもの、娘がごちゃごちゃ非難がましいことをいうべきではないのだったが、ともあれ、そういうわけで、わが母の、父に対する決定的不信には根深いものがあるのだった。

そうして、そこに無意識の規制——お父さんは家族のために働いてるんだから、すこしは心にまかせないことがあっても、アタシも我慢しなくちゃという最大の規制が、父の退職とともになくなってしまったために、母の不信感、不満、怒りを抑えるべきなにものもなくなってしまった。

もともと自覚的意思的に自分の感情を抑えるタイプではなかった母は、夫が稼ぎ、妻は家のことをするというシステムがもつ規制力にささえられて、怒りや不満といった感情をコントロールしてきたのであり、その規制が外れたときから、いっきに感情だけが奔出してしまい、いまだ、それをコントロールする術《すべ》がみつからない、と。

傷のついたレコードが同じところばかりをくり返すように、毎回、同じ不満、同じ怒りを口にして倦《う》むことのない母のグチには、つまり、そういう背景があるのだった。

そうして、そのグチを聞くたびに、どっちの気持ちもわかるし、どっちを批判できるわけでもないし、となるとこのまま黙ってグチを聞きながら、ときおりはいい返すというパターンになるのか——と半ばアキラめていたカメレオン的中年娘をがぜん目覚めさせたのは、やはり、あのテレビ（声）出演事件なのであった。

黙ってグチを聞いているだけでは、母が抱えている孤独感、充足感のなさを癒《いや》すことはできないということを、私はあの事件でしみじみ悟ったのであった。

端的にいえば、ほっとくと、なにをしでかすかわからない母の内面の問題は、めぐりめぐって私の問題にもなってしまうシビアな現実に、私もようやく気づいたのであった。人間、痛いメをみなきゃ真剣にはならないのだった。

そういうわけで、母に絶縁状を書いたころから、もしワタシが母の立場だったらどうするかを日夜考え、これはもう、もらうものをもらってサッサと離婚して、第二の人生に踏みだしたほうがいいんじゃないかという結論にいたっていたのであった。

一度、そういう考えにいたると、さまざまなシミュレーションをするのが私の強みというか熱中癖というのか、父からもらえるものを概算し、故郷のひとり暮らしのアパート賃貸料金を含めて、老婦人ひとりの年間生活費までわりだし、それをフォローする私と姉の分担割合、母が手にする年金等まで、ひとわたり把握したうえで、〝離婚〟を口にしただけに、われながら説得力があるのだった。

べつに離婚を強く勧めはしないけれど、私は離婚するのがいいと思いますという基本的立場というか態度が、期せずして出るのであった。

「あたしもね、仕事の人間関係で悩むわ、大病するわで、この年になってわかったことがイロイロあるわ。ようするに人間関係で悩んだときは、その関係をゼロに戻せばいいんだよ。運命的な、どうしようもない関係性なんてのはないんだ。中学生のころは、嫌いなコと同じクラスで、同じ班になっただけで人生おわった気になって、ガッコいくのもイヤだったけどね。あれは、あたしの視野がせまかったの。学校の席順や班分けででき る人間関係がすべてで、永遠だと思いこむとこが子どもだったんだわ。人と人の縁なんて、すぐに切れるよ。それが淋《さび》しくもあり、ありがたくもありだァ。さよならだけが人生だわ」

私はここを先途《せんど》と、母をまえにすると出てくる生粋の北海道弁で自説をのべたのだった。

「お母さんもね、お父さんとの関係が、死ぬまで続くもんだと思いこんでるから、モンモンして、不満がゾロゾロ出てくるんだわ。気持ちひとつ、ハンコひとつで、ぷっつり切れる間柄だと思ってみろって。スーッと抜けるから。他人が押しつけがましいこといおうが、なにしようが、ああ、この人はこういうヒトなんだなあ、こうやって死ぬまで、自分の流儀で生きていくヒトなんだと思ってみろってさ。それもいいじゃんて、やさしい気持ちになるよ」

「いや、ならないね」

母はここで断固として、いったのだった。こういうとき、確たる反論の論拠もないまま、まるでボールを打ち返すように機敏に反応するのが、母のすごいところなのだった。

それでも動揺しているのは明らかで、分《ぶ》が悪くなったときによくやるように、なんとなくヘラヘラ笑いそうなところがご愛嬌《あいきょう》であった。

「あんな好き勝手にやってきたジーサンが、どうしていいのさ。なんもかも全部、自分でやってきた、オレはまちがってないって顔してさ。ギャフンていわせたくて、しょーがないのさ、母さんは」

「そんな子どものケンカみたいな……」

「子どもだもんね。バーサンはもう年くって、子どもになってんだから」

母はつーんと顎をつきだして、ヒョットコ口でいった。都合のいいときだけ、自分のことをバーサンとよぶ母のフットワークは、鼠《ねずみ》のように走りまわる孫ふたりを相手にしてきただけに、なかなかのものがあるのだった。

「子どもになっちゃったから、我慢がたりなくなったのさ。年とるって、そんなもんさァ。アハハハーだ」

人にいわれたことをすぐに取り込み、みごとな自己肯定に結びつける腕力にはしたたかなものがあり、いやまったく、手応えのあるバーサンなのだった。私は負けずにいった。

「だーから、我慢してたって不満がたまる一方なんだから、離婚しなさいって。お母さんだって、まだまだ捨てたもんじゃないよ。口うるさいとこが出なきゃ、かわいいとこもあるしさ。お母さんのこと好きだっていう男の人が出てこないとも限んないべさ。そしたら再婚すりゃいいしさ」

「再婚て、そんな、サエコ、なにをいってるのさァ……」

といいつつ、母はますますヘラヘラと笑い、それは上機嫌になっているというより、困惑しきってしまったときの母の態度なのだった。

そろそろ、この話題を変えたい気配が出はじめているのを知りながら、私はさらに詰めた。

「どうしてさ。いま多いんだよ。老人の再婚て。お父さんだって、お母さんと別れたあと、なんかの拍子に再婚相手とめぐりあうかもしれないし。ふたりでギクシャク暮らしてるより、そのほうがふたりにも、いいかもしれないさあ。苦労した未亡人かなんかで……」

「ケッ！」

母はせせら笑うように、横をむいて舌を出した。

「あんなクサレじじいに、どぉこの未亡人が。ハッハッハーだ。ビックリマンだど」

甥のつきあいでテレビアニメを総ざらい見ているせいか、母はときどき感嘆詞のかわりに、おもしろい表現をするのだった。

そのまま突然フッと黙りこみ、なにごとか考える風情で、目を空《くう》にとばした。

「お母さんたちが別れたら、おまえ、もう○○（故郷の町名）の家には帰らないのかい」

ふいに、母はあいかわらずヘラヘラ笑いながらいい、さすがに私は一瞬だけ虚をつかれてしまった。

実家に帰らないのかとはつまり、もし両親が離婚したと仮定した場合、実家の家にひとりで残るであろう父のもとには、もう行かないのか――つまり、離婚後の父側にはつかないのかという確認であり、言葉を換えていうなら、おまえは離婚後の両親のどちらにつくのか、お母さん側についてくれるのかと聞いているのであった。そういうニュアンスは、やはり母娘だけに伝わってくるものがあるのだった。

（うーむ）

とこのときばかりは、私も内心、唸《うな》ったのだった。

読みが甘かったというべきか、ぎりぎりのところで夫婦問題の機微を理解していないなかったというべきか、離婚を考えた段階で、そこに生ずるさまざまの問題——財産分与だとか、離婚後の生活設計だとかは詰めて考えていたわりに、離婚後のふたりのどちらにつくのかという問題提起がされるとは思ってもみなかったのだった。

長年のつきあいで、母が離婚そのものを本気で考えているわけではないのが察せられるのだったが、しかし、ただ一点、離婚後にもし、娘たちが、父と交際を断絶してくれたら、さぞかし父にとっては打撃であろう……という一矢報いる的妄想が、母の脳裏をよぎったらしいのだった。

マジメに離婚を考えるわけではないのに、離婚したあと、父がうけるであろうダメージだけを取りあげて、フッと想像してしまうというのが、いまだ癒されずにいる母のうけた傷の深さを思わせて、私はしばし無言であった。夫婦問題というのは、つくづく奥が深いのだった。

自分のいいだしたことながら、なんとなく背筋をのばすような思いで、私はいった。

「そりゃあ、お父さんとこにも行くさ。離婚したって、親は親だもんね。ゼロに戻せない人間関係は、親子関係だけだわ。別れても、お父さんはお父さん、お母さんはお母さんだよ」

「……フーン」

「そりゃお母さんの気持ちはよーくわかるけどさ。あたしもひとりで働いてるから、お父さんの苦労もわかるわ。職場にイヤなヤツがいても、お母さんみたいにすぐに口に出すわけにもいかなくて、我慢してたこともあるだろうしさ。それはおかしいと思ったことでも、〝職場の和〟みたいなシガラミがあっていえなかったりとかさ。ああいう性格してるから、お母さんなら〝へ〟でもないことだって、クヨクヨ悩んだことだってあったろうしさ。それでも、そんなこと一度だって、グチこぼさなかったじゃん」

「グチこぼさないかわりに、風呂場でブツブツ、ひとりごといって気味わるかったよ、フン。根性くらいから」

「風呂場でひとりごといってたって、グチいったり、お酒のんで家族に当たり散らすことなかったでしょう。あたしも誰にもグチいえなくて、ひとりで悩んでることがあったとき、よくひとりごといってたわ。心の中で、ああだこうだ考えてるうちに気持ちが盛りあがってきて、ちくしょーとか、くそーっとか叫ぶんだ。そういうもんなんだ。なんでもパッパと口に出すお母さんには気味わるくても、モノゴトひとりで抱えこむ人間は、そうなるんだって。それは性格の違いで、お父さんが悪いってもんでもないんだって」

　だんだん、なぜか父の擁護になっていくのが不思議といえば不思議であったが、母はいよいよヘラヘラとあやふやに笑いつつ、念を押すようにいった。

「フーン、ともかくお母さんたちが別れても、サエコたちはそのまんまなんだ」

「そうだよ。お母さんとこに顔だししたときは、そのあとか先に、お父さんとこにも顔だすさ。でも、そんなの、どうでもいいじゃん。お母さんが好きなことして、楽しいことやってりゃ。お母さんはお母さん、お父さんはお父さんだわ」

「……フーン、もういいわ。あー、眠たくなったよ。この話は、やめー」

母は両手をひらいてセーフ！　みたいなしぐさをして、笑いながらいった。そして、そそくさとすでに敷かれていたお布団にもぐりこみ、てれかくしのせいもあるのであろう、くるりと私に背をむけて、あー、眠たい眠たいと呟《つぶや》いた。

私もなんとなくてれくさくて、温《ぬる》くなったビールをコップにつぎたして、ぼそぼそと飲んだ。なにかこう冗談をいいながら本音をいい、本音をチラつかせながら冗談にまぎらせた話をしたあとのような、これまでとは一味ちがった母娘の会話だったなあと感無量であった。

それでも結果的に、なんだか母のグチを圧殺してしまったような一抹の後ろめたさもあり、電気を消して布団に入ったあと、

「お母さん、あたし意地悪で、離婚のこといったんじゃないんだよ」

いわずもがなの言い訳をいったのだったが、ほんとに眠ってしまったのかどうか、母は返事をせず、しばらくして、なんとなくわざとじゃないかなあというような寝息が聞こえてきたのだった。

ご先祖さま万々歳！

さて、さまざまな曲折がありつつも、旅の空の下もいよいよ三日目、私たち母娘《ハハコ》はご先祖さま探訪ツアーのメインテーマ、伊藤家（仮名）別家《べっけ》宅訪問へとコマを進めることになったのだった。

翌朝、ゆっくりと朝食をいただき、宍道湖畔に面した旅館の庭で、かわりばんこに記念写真をとりあった私たち母娘は、ＪＲ駅にいそいだ。前もって調べてあった時刻どおりの列車に乗り、一時間強のところにある鳥取県内の、倉吉《くらよし》なる駅でおりる。

そこからタクシーで三朝温泉に直行して、その夜に泊まる旅館に荷物だけ置かせてもらい、どこかで昼食をとったあと、別家さん宅にいこう――という計画であった。

一泊目の団体カラオケ旅館、二泊目の地下防空壕《ぼうくうごう》のごとき浴場しかない旅館と、それぞれ一泊二万円の予算のわりにさんざんな目にあっていた私は、この三泊目の三朝温泉の某旅館には、すでにまったく期待していなかった。

というのも、愛用のヤマケイのガイドブックには、三朝温泉の旅館リストがのっていなかったので、三朝温泉の旅館協同組合に電話をかけて旅館を紹介してもらったのであったが、一泊二万円前後という予算をいったところ、

「え、二万円。うーん、ウチの旅館でそれだけのトコはないわ。一万五千円くらいで。それでよかったら、ちょっと旅館さんのほうに問い合わせてみるけど」

気のよさげなオジさんが呑気《のんき》そうにいい、紹介してもらった旅館にきめたという経緯があった。一万五千円は、わたしのひとり旅では充分な料金であった。適正料金といってよい。しかし二万円クラスの旅館で、二日連チャンの討ち死にである。これで一万五千円となると、もう腹をくくるしかない。

しかるにタクシーがとまった三泊目の旅館を見るなり、私は思わず母の腕をとり、

「お母さん、みてみて。あたし、こういう旅館に一度、お母さんを連れてきたかったんだよう！」

と絶叫していた。目のまえにあったのは、このご先祖さま探訪ツアーの計画時から、私の脳裏にあった旅館そのもの、純和風、木造二階建ての、落ちついたたたずまいの旅館なのだった。前もって荷物だけ置かせてもらいたいと電話連絡しておいたせいか、玄関に入るなり和服姿のお部屋さんがさっと帳場から現れ、

「はいはい、ご苦労さんです」

と声をかけてくれるのも気分がよい。

ここにきてようやく、心にかなう旅館に泊まれるとすっかり感激した私とは裏腹に、わが母は朝から極端に無口になっていて、目のまえの風雅な日本旅館にも、およそ心を動かされた様子はなかった。昼食のために入ったソバ・ウドンの食堂でも緊張したおもちで、ろくに食がすすまないのであった。

思えば、突然の交通事故で弟を失い、人生の無常を感じてご先祖さまのお墓参りがしたいといいだした、その真の目的に近づいているわけで、あがり性で人見知りする母がしだいに緊張の度をましてゆくのは、当然のなりゆきなのだった。

のんびりした田園地帯の温泉街で、平日で人少なのせいもあってか、食堂のご主人は、奇妙な雰囲気の私たち母娘を、最後までジロジロともの珍しそうに見ていた。おそらく私たちの服装からして、ただの温泉客には見えず、何者かと好奇心を刺激されたのであろう。

その日、私たち母娘は、それぞれ用意してきた別家宅訪問用の服を身につけていたのであった。この点に関してはさすが女というべきか、母と私の興味は完全に一致していて、

「なにを着ていくか」

で、たっぷり二、三回の電話打ち合わせがあったのだった。結局のところ、私はジミめ、堅実イメージの黒っぽいスーツが、初対面の人に好印象を与えるであろうと判断し

た。一方の母は自分の持っている服のなかで一番お金のかかっていそうなものというので、銀ラメのはいったグレイのシルクウールのニットスーツを準備していた。

さらに、私は地方の旧家の人が嫌うであろうピアスのマイナスイメージを払拭《ふっしょく》するため、小粒の真珠のピアスに、旅行先にもっていくアクセサリーの定番、マジョルカパールのネックレスという無難なもの。

一方の母は、ゴールドとプラチナのネックレスに、指には、いつだったか私が母にプレゼントした紫水晶のどでかい指輪と、母自身がヘソクリで買ったダイヤの指輪がサンゼンと輝いていた。

ふたり並ぶと、田舎の成り金母娘が、孫娘の有名幼稚園入園テストの面接にいく――といった格好であった。ふたりがここまで服装に気をつかったのは、やはり、

「♪因幡の伊藤にゃ、ホウキはいらぬ。おヌエおヌイの袖で掃くぅ～」

の家伝のワラべ歌が、どこか頭のスミッコにあったのだった。

さて、私が別家さん宅訪問まえにもっていたご先祖さまにまつわる知識のほとんどは、千蔵曽祖父《ひいじい》さんが書き残した日記から得たものであった。

それによれば、鳥取県・伯耆国・河村郡・竹田谷・大字久原村の伊藤吉右衛門竹定(仮名)の別家筋、伊藤為三郎には長男・杢治郎と、次男の千蔵がいた。

この千蔵さんは明治十一年四月、大阪砲兵隊に入隊して（次男であるがゆえに家を継げなかったのであろう）、そのあと東京の近衛《このえ》砲兵隊（そんなものがあったかどうか知らないが、日記にはそう書いてある）に入ったりして、なんだかんだあったものの久原にかえってきて、某家の次女・ナミを妻とした。

わが母にとっては祖父母にあたる千蔵・ナミを、母はちゃんと覚えていて、

「ナミ婆《ばあ》さんは、きつい性格のババアだった」

と述懐している。それはさておき、子どもを三人ばかりポコポコもうけたところで、明治十六年九月、七日七夜ふりつづいた大雨で大水害となり、作物その他も流され、大打撃をうけた。そこは次男という立場もあったのであろう、千蔵さんは北海道に渡ることを決意する。明治十七年三月のことであった。

〈八百石不祢仁乃リ十日メ四月九日小樽仁付二日休ヨリ岩見沢町畑壱番地三谷八平衛宿泊マリ拾三日休京代サカツキ志コレヨリ……〉

といったようなことが延々、句読点なしに日記に書かれていて、いやもう読みとおすだけで一苦労なのだったが、この部分など、最後まで、母と私の解釈がまるで違っていた。

どこが違っているかというと〈八百石不祢仁乃リ〉の部分で、私はここを「（千石船ならぬ）八百石船にのって十日かかって、北海道の小樽についた」と読むのに対して、

わが母は、「八百石の禄《ろく》をすてて、北海道に渡った」というふうに、英雄伝説ふうに解釈するのだった。

当時、八百石船なんてものがあったのかどうか、そういう呼び名だったのかどうかも知らないけれども、スンナリ読めば、私のように読みくだすのではないかと思うのだが、わが母は、ご先祖の千蔵祖父さんは八百石もあった禄をすてて、勇躍、北海道に渡ったと信じて疑わない。

前掲の誤字アテ字だらけの文章の、どこをどう読んだら「八百石の禄をすてて……」と読めるのか。昔の字の用法をしらない私が、バカなのであろうか。

それはさておき、この千蔵さんは知り合いのない未知の土地で、親しくなった人と兄弟盃《さかずき》(京代サカツキ志が、どうも兄弟盃をしたというようなことらしい)をかわしあったりしながら、畑をすこしずつ買いたし、一方では不在地主のもっている農場の支配人みたいなこともやり、陽《ひ》のささぬ木ばかりの原野を一心不乱に木を伐《き》り、開墾の苦労もしたが(と書いてある)、子どもに恵まれて……といって、延々、子どもの名前が書いてある。そのなかに私の祖父であり、母の父、政男(仮名)という人がいる。

つまり千蔵→政男→わが母という関係で、これから私たち母娘が訪れようとしている別家さんは、いったい千蔵さんとどういう関係にあるのか。

それまで、このご先祖さま探訪ツアーはすべて電話で打ち合わせしており、別家さん

はどういう係累の人なのかと尋ねても、ご先祖の話となると興奮してしまう母は、

「まあ、お母さんのマタイトコみたいなもんだよねえ、ようするにさ」

というのみで、まるで要領をえない。

これはもう、詳しいことはジカに母に会ってから聞くしかないと思っていたのだったが、実は母親自身も、これから訪問する別家さんと自分がどういう血縁なのか、よくわからないというのであった。

（お母さんも、どういう人間関係なのか、よく知らない）

という衝撃の事実をあかされたのは、これから別家さん宅にうかがうというタクシーの中であった。

「どんな血縁関係なのか、わからないお宅にいくの、あたしたちは。つまり」

呆《あき》れはてて声をうわずらせる私に、母は平然として、

「そういうのを、これから会って、くわしく聞くんだよ」

という。つくづく母の年代の人たちの、血縁者の把握の仕方の鷹揚《おうよう》さというか、大雑把さには驚かされるのだった。

「ああ、ここが千蔵祖父さんの生まれた土地なんだねえ」

母はタクシーの窓から顔をだして、周辺の畑をぼんやり眺めていた。声など、すでに涙ぐんでいた。

タクシーはしだいに山中に入ってゆき、商店なども少なくなってゆく。

ご先祖さまのお墓参りをさせてもらうときに、お墓にお供えするお酒かなにかを買いたいけどどうしようかとアセるリアリストの娘を尻目に、

「ああ、畑のまんなかにお墓があるよ、サエコ。ほら、あれはまるで沖縄みたいだよ。ほらほら、見てごらんて」

母はトンチンカンなことをいって、ひとりで興奮していた。

どうして鳥取の農業地帯と沖縄が結びつくのか。母はその前年、ヘソクリをはたいて孫をつれて沖縄旅行にいっており、そこで畑のそばにお墓があるのを見て（つまり墓地に、まとめてお墓があるのではない風景を見て）すっかり驚き、たまたま目の前にひろがる鳥取の畑のそばにもお墓があるのを見て、沖縄と鳥取の、驚くべき共通項を見出《みいだ》したのであった。

やがてタクシーはひどく狭い坂道をのぼっていった。住所を書いたメモを渡してあったので、運転手さんはスイスイと車を運転してゆく。やがて坂道の途中でとまり、

「えーと、このへんだけど」

といった。あたりには、南向きに縁側を配した手入れのよい田舎家がいくつもあり、
私と母はちょっと車をおりてみた。

ふらふらと坂をのぼってゆくと、坂の左手のほうにある家の前にいた人物が、ふと気

づいたというように、道ばたにまで出てくる。

推定年齢六十歳前後のその人物を見たとたん、母と私は顔を見あわせた。

(死んだおジイちゃんに、似てる！)

声には出さないものの、そう思ったのであった。たまたまゴム長をはいていて、いかにも庭の手入れをしていたようなラフな服装も、祖父（政男）を思わせたのであった。

とたんに母はいつのまに手にしていたのか、白いハンカチを鼻に押しあてた。目をうるうると潤ませ、もともと蓄膿症《ちくのうしよう》で、一度は手術まで検討しながら、蓄膿症の手術は痛いうえに完治しないという待合室の噂《うわさ》を信じこんで手術を拒否した結果、いまだにズルズルいう鼻を押さえつつ、

「わたし、わたし、お電話した政男の娘でございますっ。んまあっ、サエコ、ね、おじいちゃんソックリ。まあまあまあ、ほんとうにもう……！」

感極まったようにいう母に、別家さんの△△さんはどぎまぎしたようすで立ちつくし、

「あのう……」

といったなり、困ったように笑っていた。やがて、家のほうに向いて、

「おーい、バアさん」

と呼んだ。すると家の裏手から、老婦人が農作業の姉《あね》さん被《かぶ》りふうのズキンをとりながら、おずおずと現れた。

別家の△△さんは照れくさそうにさっさと家のなかに入ってゆき、老婦人が遠慮がちに、どうぞどうぞと、私たち母娘を家のほうに案内してくれたのであったが、母は涙を拭いつつも、

「ねえ、サエコ。別家さんて、ほんとに別家さんだったんだね。一家かまえてる〝一族の長〟じゃなかったんだね……」

老婦人に聞こえないように、ボソリといった。どこか淋《さび》しげな顔と声であった。

そう、母は♪因幡の伊藤にゃホウキはいらぬ〜のワラベ歌からひろがるイメージを、ひそかに胸に育《はぐく》んでいたらしいのであった。おそらく木塀がぐるりと敷地をめぐり、門を入って家のまえの車寄せまでは距離があって、家はがっしりした木造の旧家らしい構えで……といったものさえ、イメージしていたかもしれない。

しかし、別家さんのお宅は手入れのいい、ごく普通の今ふうの住宅で、庭には小さな池などあり、丹精した庭木などがあるのだが、それも今ふう住宅の庭という感じで、旧家ウンヌンではないのだった。

とはいえ母の娘っぽい夢想を笑うわけにもいかない、実は私もひそかに、ご近所の伊藤家のご縁者が、北海道からご先祖の話を聞きにくるモノ好きがいるというので、三々五々集まってくださっていて、いろんなおもしろい昔話が聞けるのではないかと、ひそかに期待していたのであった。

しかし、ご近所のご縁者の、カゲも形もない。ちょうど稲刈り前の畑仕事が忙しい時期ではあったし、ご近所のどの家もシーンとして、人影もなかった。みなさん、畑に出ているという感じであった。

母が母なら、娘も娘。おたがいに興味と夢のありかは違っても、自分につごうのいい夢想をほしいままにしていたのだなあと、私は内心、シミジミ反省して、別家さんに申し訳ないような気になっていた。

あきらかにおふたりとも、私たちの午後の訪問にあわせて、午後からの農作業を中断して、待っていてくださっていたようであった。

この別家さんの△△さんは、千蔵さん、ひいてはわが母とどういう繋《つな》がりがあるのか。別家さん訪問はおよそ一時間半ほどで終わり、あとはお墓参りをしたり、菩提寺《ぼだいじ》を訪ねたりに費やしたのであったが、実はこの別家さん宅にいた一時間半のあいだ、私はまったく人間関係が把握できないでいた。

そもそも、△△さんが呼んだバアさんなる人のことを、私は奥さんだとばかり思っていたのだったが、一時間半の訪問中、唯一わかったのは、その老婦人は妻ではなく△△さんの母親だということだった。

それほどであるから、わが母と別家の△△さんと、その母親の老婦人の三者間でかわされる会話がまるで理解できず、すべてはあとあと、人物関係図を描いて理解したうえでのことになるのだが、この老婦人は、千蔵さんの兄、杢治郎の息子・貴蔵の妹の娘、つまり、杢治郎の孫にあたる人なのであった。

杢治郎の息子・貴蔵は、子に恵まれないまま死にそうになり、伊藤家が断絶しそうになるのを心配した親類縁者が集まって、他家に嫁いだ貴蔵の妹の娘を養女ということで連れてきて、養子をとらせて伊藤家別家を継がせたのであった。

つまり千蔵さんの孫にあたる母と、杢治郎さんの孫にあたるこの老婦人が、マタイトコになるのであった。なんという気の遠くなる血縁であろう。

しかしマタイトコ同士なりの連帯感というものなのか、それとも女同士という絆《きずな》ゆえなのか、母と老婦人はおよそ二十分も話さないうちに、お互いがどういう関係なのかをはっきり把握したらしい。

「わたしは養女なんてイヤで……ねえ、なにも知らないのに連れてこられて、まだ生きてたお義母《かあ》さんが、キビシイ人でねえ……泣いて帰ろうとしたこともあって……」

と老婦人が語るほどに涙ぐめば、わが母も涙とはなみずをすすりあげつつ、

「まあまあ、んまあ、ご苦労なさったんですのねえ」

と相槌《あいづち》をうつ。まるで、その昔の桂小金治《かつらこきんじ》のなつかしの対面シーンそのままなのであるが、しかし人物関係がわからない私と、推定年齢六十歳前後の△△さんのふたりは、

たがいにソファに座ったまま、あやふやな笑みを浮かべていた。

そして、彼からポツポツ聞き出したところによれば、母がよく自慢げにいっていた千蔵さんの実家の豪奢《ごうしゃ》な暮らし——♪因幡の伊藤にゃホウキはいらぬ。おヌエおヌイの袖で掃くゥ〜という例のワラベ歌は、江戸時代中期ごろ、このへん一帯をおさめていた庄屋だか豪農だかの伊藤吉右衛門竹定のことを歌ったもの（かもしれない）というのがわかってきた。

しかし、その本家はとうの昔に断絶しており、このへん一帯にたくさんある伊藤家も、その本家から分かれたものらしいのだが、枝分かれしすぎていて本家との関わりはぜーんぜんわからない、明治のどさくさで、勝手に伊藤をなのった家もあるはずで、

「まあ、ウチはモトを辿《たど》れば、どっかでつながってるんだろうけどねえ、ハハハ」

と別家の△△さんは遠慮がちに笑うのだった。

（うーむ、別家があるからには、ピカピカの伊藤家の本家もまだあって、その本家にもうかがえるかもしれないと思ってた私が、甘かったか）

ご先祖さまに過大な幻想をもっている母親を牽制《けんせい》しつつも、北海道には縁のない、連綿とつづく重苦しくもオドロオドロしい血脈というものに、私もどこかで期待していたのであったが、現実はアッサリしたものであった。

とどのつまり、千蔵さんはそう多くはない田畑を継げる見こみもない次男坊で、しか

も村が大雨で全滅しかかり、居場所を失って、まさに背水の陣をしいて北海道に渡ったのであった。そうして太陽もささない木ばかりの北海道の原野を、一本一本、木を伐って耕して農地にしていったのであった。

そういうときに、辛《つら》い生活の心の支えとしてでも、内地のオレの実家は、たいそうな大家で……といった神話は必要だったろうし、子どもたち、孫たちに話してきかせることもあったかもしれない。別にウソをいってるわけではなく、モトを辿れば、そういうご大家と縁つづきではあったのだろう。

それはそれでスバラシい人生じゃあないか、千蔵↓政男↓○○（母の弟で、いま現在の北海道の伊藤家の主）に受け継がれた北海道の伊藤のお家は、敷地だけで千坪はあって、池があり倉があり、家の三倍はあるような納屋があり、かつては馬や牛や山羊《やぎ》もいた。

家のまえもうしろも地平線が見えるような田畑で、原野にゆけば、またまた田畑もあり、幼いころの私は原野で馬にのせてもらったりもした、まことに北海道らしい農家なのだった。千蔵曽祖父さんは、辛い思いをして北海道に渡ってきた甲斐《かい》はあったのだった。

別家さんを辞去したあと、畑の裏山にある杢治郎とその息子・貴蔵さんのお墓に参り、菩提寺にもいってお線香をあげて、私たちは迎えのタクシーにのった。

「千蔵祖父さんは、やっぱり気概のある人だったんだね。次男坊でくすぶってるより、北海道にいこうっていう根性がエラいわ。たいへんな苦労があったろうにねえ」

マタイトコとの感動の対面に涙しつつも、♪因幡の伊藤にゃホウキはいらぬの幻想が砕けちった母は、さすがに内心、けっこう動揺しているふうで、自分にいいきかせるようにブツブツ呟いていた。家柄に感動できない今、千蔵さん本人になんとか感動しようと必死のようでもあった。

ご先祖はすごいご大家だったという証拠が見られると思いきや、地元でジミチに生きている別家さんはぜーんぜん先祖なんかには興味もないふうなのも、ショックであるらしかった。

「お母さん、ほら、沖縄みたいなお墓があるよ」

気をひきたてようとして冗談まじりにいっても、母は車窓を見もせずに、ハァ～とタメ息をついては、

「おまえが好き勝手なことするのも、やっぱり千蔵祖父さんの血なんだよね。ひとつのところに収まってないっていうかさ」

皮肉だか厭味《いやみ》だか知らないけれど、そんなようなことをいうのだった。

毎度おなじみのおひらきで……

　さて、私は先日、実家に電話したのであった。今年、高校受験する姪《めい》っ子に、受験がおわったあとの春休み、東京に遊びにこないかというお誘い電話であった。合格していれば合格祝い。不合格ならウサ晴らしになるであろう。

　観《み》たいお芝居に連れていってあげるよというと、とうに身長百六十センチを超えたという姪は電話の向こうで、

「やったね」

　アルトの低い声でいい、昔のように脳天をつきやぶるようなカン高い声で、

「ヤッピー！　おいしい話じゃん！」

とはいわないだけ大人になっていたが、なかなか嬉《うれ》しそうであった。

　姪にかわって電話にでた母にも、東京に遊びにこない？　と誘うとやっぱり嬉しそうであった。母が東京にくるたびに、新宿《しんじゆく》コマか新橋《しんばし》演舞場、帝劇《ていげき》か日生《にっせい》あたりのお芝居かコンサートの席を用意するのだったが、母はそれを楽しみにしているのだった。

とりわけ何年かまえの新宿コマの藤田《ふじた》まことのお芝居と、日生の都《みやこ》はるみコンサートのときは感激して涙ナミダで、家にかえって、ふたりで都はるみメドレーでカラオケしたほどであった。

まあ今回は、姪にあわせて新宿コマよりは宝塚《たからづか》がいいだろうねなどと、そんな話をしているうちに、いつのまにか旅行の話になった。

「どうせだから、○○を京都旅行に連れていってあげるかな、合格祝いに。修学旅行でも行くだろけど、まあ、何回行ってもいい街だよ」

というがはやいか、

「いいいい、そんなの。京都なんて、パパやママがちゃんと連れてくんだから。サエコは○○を甘やかせすぎだよ」

などと口を出し、そのくせ、

「そうかなー。あたしは京都より奈良のほうが好きだから、○○に地図の見方おしえて、ひとりでまる一日、京都歩かせてさ。こんどから高校生だし、それくらいできなきゃね。そのあいだ、あたしはちょっと、奈良のほう行っててもいいなーと思ってさ」

そういったとたん、

「え、京都と奈良って近いの」

母は声をはずませるのだった。

近鉄《きんてつ》京都線の特急だと三十分くらいだというと、すっかり興奮して、

「ふうん。三十分かい。近いんだね。そうかい」

自分も誘ってほしそうに、ぶつぶつと呟《つぶや》くのだった。そう、母はすでに団体バスツアーで〈京都・秋の味覚の旅〉を経験しており、京都はツーなのであったが、まだ奈良には行っていない。

すでに行った京都はどうでもよいが、まだ見ぬ奈良に行けるとなると、いっきに姪の合格祝い（あるいは不合格ウサ晴らし）旅行に、乗り気になったようであった。

「なに、お母さん、奈良行きたいの」

「べつにね。ただ、大仏《だいぶつ》さまというのを見たくてさ。まあ、行きたいよね」

もったいぶっていう母の心はすでに、奈良旅行にとんでいるようであった。

母のあくことなき好奇心は、これまで、どの旅行でもけっして最終日まで無事ですんだためしがない母娘《ハハコ》旅行の運命をも忘れさせるようであった。

そう、どの旅行も最終日までは気が抜けない。それは、かのご先祖さま探訪ツアーも例外ではなかったのだった。

そもそも、突然の弟の死によって人生の無常を感じた母のたっての願いで、ご先祖さま探訪ツアーに出た私たち母娘の目的は、ご先祖さまのお墓参りをもって、果たされた

のだった。

母はマタイトコのご婦人としみじみ語り合い、それなりに興奮していた。もちろん、ご先祖がすごい〝ご大家〟である証拠は、ほとんどといってよいほどなかった。♪因幡の伊藤にゃ、ホウキはいらぬ。おヌエおヌイの袖で掃くぅ～のワラベ唄《うた》は、結局はなにかのまちがいなのか。それとも真実の一端を伝えていたのかは、わからぬままであった。しかし、ともかくも目的を果たして、私としては満足していた。それどころか三日目にして満足できる旅館に出会えたことを喜び、タクシーで帰る道みちも、心はすでに夕食にとんでいた。

そうして三朝温泉の、その旅館の夕食はまた、

(ああ、今までの二万円旅館はなんだったの!!)

と叫びたいほど、よいものであった。煮物のお味もよろしく、刺身、鍋物、揚げ物などがきちんと器に盛りつけられ、最後にはドーンと蟹《かに》であった。その蟹も小ぶりながら、ボサボサでない柔らかな肉がたっぷり入ったもので、さすがの母も、これまで二泊した旅館とは質が違うと思ったらしく、

「あたしはねー、三日とも、こういう旅館に泊まれるつもりだったの。こういうトコに、連れてきたかったのさあ」

と上機嫌でぐいぐい熱燗《あつかん》をいただいてホラを吹く私に、大きく頷いていた。

さらに温泉もまた、よろしかった。大小みっつの岩風呂で、それぞれに効用がちがう湯というのも嬉しく、さらにさらに露天風呂まであるのだった。二泊した二万円旅館には、二軒とも露天風呂はなかった。細かいようだが、庶民にとっては、そういうのは重要なチェック事項なのだった。

食事もおいしくお風呂もよいとなれば、憂うることはなにもない。終わりよければすべてよし、こんなにいい調子で終わる母娘旅行はなかったなと、私は大満足であった。

翌日のこと、朝七時におきて朝風呂をあび、やはりおいしい朝食を食べて、ベランダの籐《とう》椅子に腰かけて、午前中にまわれる鳥取市内の名所はどこであろうかとガイドブックを眺めていた。

鳥取砂丘はちょっとムリで、タクシーをすっとばして行けばナントカなるにしても、母はそうした贅沢《ぜいたく》をするのが心理的に耐えられないであろう。などとコモゴモ考えている、そのときであった。

「サエコ、午前中なんだけど」

おずおず、という感じで母は切り出してきたのだった。

「なんか、その、市内観光は、どうしてもしなきゃならないのかねえ」

「え？　しなきゃならないって、お母さんがいったんだよ。できるかぎり、観光したいって。だから今、鳥取市内の地図をみてさ……」

「いえね、それだったらお母さん、観光はいいから、県庁とか、そういうとこ行ってみたいんだけど」

「県庁、なんで？」

わけがわからずいう私に、母はおずおずして顔を上気させながらも、なにやら泣きそうな必死のおももちでいうのだった。

「いや、だからさァ、県庁に行って、伊藤のこと、いろいろ調べたら、なにかわかるかもしれないし……」

「はあ」

私はまだ、わけがわからなかったのだった。県庁に行って、戸籍課とか、そういうところに行きたいというのだろうかと私は考えた。しかし戸籍は市役所のほうだろうし、県庁はどんな管轄が、一家族の家系についての記録をもっているのか。

「お母さん、なんか勘違いしてるんじゃないのォ。県庁っていうと、文化財保護課とかはあるだろうけど……県民の記録とか、あるのかな」

「あるんだよ、きっと」

母はキッパリとそこだけ自信ありげに断言して、身を乗り出した。

「去年さ、お父さんと義兄《にい》さんの○○さんと、義弟《おとうと》の△△さんと三人で、富山の××家の墓参りに行ったんだよ。義兄さんが思いついてさ」

「……へー、そんなこと、あったの」

このあたりから、なんだかイヤな予感がしてきたのだった。そういう話は、初耳なのだった。

　わが父方の××家は、母方の伊藤家とはちがい、私の祖父、父にとっての父が、富山から移住してきたのであった。

「義兄さんも体が弱くなってきたし、元気なうちに墓参りしたいってことでね。そしたら、まー、行ってみてビックリさ、富山の○○では、××はけっこう大きな家だったんだよ。本家は男が戦争で死んだかなんかで、××の家はもうなくなってたんだけど。そこの娘っていうのが生きてて、それがまー、♡♡党の県の婦人部長だっていうんだわ」

　話していくうちにしだいに興奮してきた母は、この〝婦人部長〟というとき、ピリリと瞼《まぶた》をヒクつかせた。

「はー、♡♡党の婦人部長……」

「選挙のたんびに、もう候補者より飛び回って、あちこち遊説してるらしくてさあ。シッカリ者だったと。お墓も、もうビックリするような大きなのに建て替えてあったらしいんだわ。古くなかったらしいんだけどね。大きかったんだと」

「………」

「それで、その娘が……」

「その娘って、いくつの人？」

「五十か六十くらいだったっていうね。××の死んだジイさんの姉の子だと」

つまり父にとっては、生きたイトコその人であるらしいのだった。

そして、その人は、本家を継ぐ男の子がいなくて絶えてしまった××家の縁者たちの統括者でもあるらしく、父たちお墓参りメンバーが伺ったさいには、あちこちを案内してくれた。さらに夜は夜で縁者たちを呼び集めて、小さいながらも歓迎の宴を催してくれたという。

その返礼もかねて、今年の××家のイトコ会の新年会――わが父方には、××家の親類縁者の会というかグループというか、つまり名称をつけた集まりがあって、それを通称イトコ会というのだった。

それは父の代でおしまいくらいの、ごく小さな集まりで、××の名字をなのっている私でさえ、一度も出たこともなければ、見たこともないのだったが、ともかく、××イトコ会というものが存在する。

北海道には、血縁のしがらみは確かにないが、なまじ内地から北海道に渡ってきただけに、血縁の濃さを大事にする傾向があるのもまた事実なのだった。

で、そのイトコ会の新年会のときに、お世話になった富山の女イトコを招いたところ、「やっぱり♡♡党の婦人部長やってるってだけあって、まー、挨拶《あいさつ》でもなんでも堂々としててさ。もう、ビックリだわ」

「ふうん……」

♡♡党の婦人部長だという、その父のイトコの話をしている間じゅう、母はまるで気がついていないらしかったが、あからさまに悔しげであった。

私はようやく、悟ったのであった。

つまり母がこだわっているのは、父たちがなんの準備もないまま、ふと思いついて、富山の知り合いの××に手紙をだして富山に行ったところ、すでに××家は絶えていたものの、りっぱに墓守りをしている女性が手厚くもてなしてくれて、お墓もりっぱであった。しかもその女性は社会的地位もあり、さらに彼女が一声かけると、××家の縁者たちがサッと集まった——という、それら諸々《もろもろ》のことなのであった。

すべてが、今回のわが伊藤家のご先祖さま探訪ツアーにはなかったことばかりで、母がここで死んでも死に切れないというか、諦め切れないのは、そのせいらしいのだった。

母は、わが父方のご先祖探訪ツアーの成功話を聞いており、当然ながら、自分たちの旅行もまた、それと同等の、いや、それ以上に華々しい成功があると思っていたらしいのだった。

ここにきて、私はすべてを悟り、そして愕然《がくぜん》とした。

いや、もちろん、一番仲がよかった弟の突然の事故死は、ショックであったろう。そのために、ますます自分もどうなるかわからない、ここは先祖の墓参りを……と思いたったのも、嘘《うそ》ではないであろう。

しかし、それを思いたった時点で、母の脳裏には、私が窺《うかが》いしるはずもないさまざまなドラマが組み立てられていたのであった。

ご先祖さまを訪ねゆく母を迎える親族、さまざまな親類たち。よく来られたと歓迎され、家系図はこれ、このとおりと目の前にさしだされる、ああ嬉しさよ——というような物語を、母はひとりで育《はぐく》んでいたらしいのであった。

それが叶《かな》えられなかった今、母は自力でなんとかせずにはいられないらしいのだった。

しかし、それにしてもなぜ県庁なのか。

そう尋ねる私に、母はすでに涙ぐみつつ（なにかが悲しいとかいうより、ようするに興奮していたのであろう）、いうのだった。

「それがさ、義弟の△△さんが、まあ、ちょっと県庁行ってみようっていったら、そこで××家のことがみんなわかったんだと。なんか書類みたいな、記録みたいなものがあったっていうよ」

「……県庁のね、どういう課に行ったとか、そういうの聞いてない？」

聞いてないだろうなーと思いつつ、私はゆっくりと穏やかにいおうと努めたが、うまくいかなかった。そのころになると、朝食をすませて、ゆっくり飲むつもりでいたお茶なんぞはすっかり冷めていた。

「いや、聞いてないけどさ。でも、行けばわかるよ、きっと」

「県庁行って、受付で、伊藤家について知りたいんですけど、どうすればいいんですかって聞くの？」

このあたりになると、抑えようとしても抑えられない意地悪さが、出てくるのだった。どう考えても、母のいうことは無謀であり、さらにいえば私に対しても失礼だと思えたのだった。

そりゃあ、私だって準備が万全だったとはいえないであろう。しかし、できるかぎりのことはやったつもりなのであった。

母には母の物語があり、それが完遂されないまま帰省するのは心残りでもあろう。しかし、ちゃんとした大人なら、まあ、世の中ってのはこういうものだと納得してくれてもよいではないか。

いや、もっといえば、最初から父方のご先祖さま探訪ツアーの顚末《てんまつ》を聞かされていれば、私なりに対応も考えたであろう。叔父さんの△△さんに電話をかけて、県庁のどういう課で、なにを調べたのかを確認すれば、それで事は足りたのであった。

なのに、なにも聞かされないまま、表向きは、トシもトシだし、今のうちにお墓参りしたいなどと殊勝なことをいっておきながら（ま、私も半分くらいしか信じていなかったが）、いま母娘旅行の最終日の、すがすがしい朝になって、実は……と切り出される娘の立場にもなってみろというのだ。

「だめなのかい、やっぱり」

「だめっていうけど、県庁行って、どうすればいいかもわからないしさ」

なんとか怒りの虫をなだめつつ、笑顔をつくる娘の心、親知らずとはよくいったもの、母はタメ息をつきつつ、トドメのひとことを口にしたのだった。

「△△さんは市役所勤めだから、そういうの詳しいんだわ。やっぱり男だから、そういうのサッサッと思いついて、やれるんだねえ」

「それじゃあね、お母さん」

私はもはや笑顔もふりすてて、かつてたった一度だけ、某所に乗りこみ、パイプイスを蹴《け》っ飛ばして、ふざけんじゃねえ、人が甘い顔すりゃツケあがりやがって！　と一世一代のタンカを切ったときの心境で、いったのだった。

「ひとりで行っておいで。あたしが車で、県庁まで送ってあげるから。そこでお母さんが気のすむまで、何時間でも待ってるから。飛行機の切符キャンセルしたっていいし。鳥取市内のホテルも、すぐに取れるから。そうするから、納得できるまで調べるといいわ」

さすがに母も、私の顔つき、声がいつもとは違うことに気がついたのであろう。さーっと顔色がかわった。

「いや、それは……」

「そうしなさい。したいことがあったら、途中で諦めちゃいけないわ。人を頼ってもダメだ。自分で準備して、自分でやれば、うまくいかなくても諦められるしょ。人に頼ると、あの人がちゃんとしてくれなかったから、もっとウマくやってくれればって、未練も残るわ。さ、県庁行くから、支度しよう、支度」

私はさっさと立ちあがり、ボストンバッグのところまで行った。そのころにはすでに、涙がこみあげていたのであった。

「いや、サエコ、母さん、いいわ……」

「どうしてさ、行きたいんでしょ、県庁にさ」

「いや……」

母ははや目をウルウルさせて、くすん、すん、と鼻をすすっているのだった。しかし一方の私もまた、情けなさのあまり目が潤んでいたのであった。

どうしてこう、食事もよかった風呂もよかったの旅館の朝に、県庁に行くの行かないので喧嘩《けんか》しなきゃならないんだろうと思うと、ほんと、涙も出てくるのであった。

さて、私たちはその日、（当然というべきか）県庁には行かなかった。

意気消沈した母と、一瞬の凶暴なる興奮にみまわれて虚脱状態の娘は、フラフラと鳥取市内の商店街を歩いた。結局、砂丘に行く元気もなく、鳥取城址《じようし》を観光する気力もなく、しかし女たるもの、どんなときでもショッピングアーケード街だけは歩ける本能にひきずられて、飛行機の待ち時間をつぶすためにウインドーショッピングしたのであった。

最終日の昼食用に、日本海の幸を食べさせる料理屋をガイドブックで確認しておいたことも虚《むな》しいながら、それでも昼には、母を料理屋に案内した。

意気消沈していた母は、メニューを見るなり目をむいて、なにかをいいかけたものの、気をとりなおしたように黙りこみ、しかし、さすが腐ってもわが母というべきか、メニューで一番やすい海の幸丼を頼んだ。私は意地になって、

「この時価の、アワビのお刺身くださーい！」

と叫び、運ばれてきたお刺身を、ぱくぱくと卵焼きのように食べた。

私たちはもの静かに昼食をとり、車で空港にゆき、東京に飛んだ。羽田につき、四十分後に出発する札幌ゆきの搭乗手続きをして、二階のボディチェックのゲート前まで送ったところで、

「面倒かけたね。楽しかったわ」

母は蓄膿症《ちくのうしょう》ぎみの鼻をすんとすすりつつ、顎をあげてお礼をいうのだった。私はにっこり笑って頷いた。

母がゲートの向こうに消えるのを確認してから、私はよろよろと一階に降りていった。さすがにトイレにはゆかなかった。タクシーにのり、座席に身を沈めた私は、母娘旅行のおわりのたびに決心することを、そのときもまた吐息とともに思ったのだった。

もう当分、旅行はいいわ。

番外篇・そしてコンサートの夜

さてクリスマスも間近な先日のこと、とあるデパートの貴金属・時計売場に、腕時計のバンド取り替えにいったときのことであった。バンドを取り替えているわずかな間、隣の貴金属のショーケースのピアスを眺めていると、

「お客さま、耳になさっているピアスを洗浄いたしましょうか」

この不況のおり、顧客獲得のために必死なのであろう、若い店員さんがいってくれた。こういうとき、遠慮せずに頼むのも母譲りの性格なのであろうか、私はスンナリお願いして、それを待つ間、堂々とデカい顔で商談用の椅子に座って、ピアスを眺めていた。

かくするうち、隣で息をはずませてショーケースを睨《にら》んでいる若い男の子に気がついた。おお、そういえば、もうじきクリスマスだと気がつくのと同時に、きたぞー、クリスマスプレゼント用のネギカモが！　というヨロコビを満面にうかべた年カサの店員さんが、

「お客さま、プレゼントでございますか」

いそいそと前に立った。

　男は二十三、四歳といったところ、社会人一、二年生のうぶさを滲《にじ》ませて、こっくりと頷《うなず》いた。とたんに、

「これなど、いかがでしょう。大柄な方ですと、洒落《しゃれ》てますね。こちらは、かわいい方むきかと思います。ユラユラ揺れて、かわいらしいですよ」

　とたたみこむアドバイスは、ピアス愛用者の私からみてもまことに的確なもので、さすが年の功であった。

　ところが男の子は、そういう有益なアドバイスにあやふやに頷きつつも、自分の意思をはっきりいわない。デザインなんかより値段が問題なんだとか、あるいはカノジョはこういうタイプだけど、どうだろうかとか、ものを買うときのイメージ、おのれの優先順位というものがない。そのくせ、つぎつぎと出される商品を、おどおどと取り上げてはタメ息をつき、首をひねっている。

　クリスマスを前にして、プレゼントを買わなきゃという目的だけははっきりしているが、あとはもう情況に流されているという感じであった。

（きみもねー、もう少し、女で苦労しないとダメだよ。自分で稼いだお金でプレゼントするんなら、これがキミに似合うんだ、だから選んだんだぞ、文句あるか、ぐらいのハッタリかませる気合がなくて、どうすんだ。さもなきゃ、これが素敵だと思ったんだ、

よなァ）

これを耳にしてるキミが見たくてサといえるように、自分の美意識を前面にだして選べ

などと興味ぶかく眺めているうちに、彼は出された商品のなかで、もっとも安い一万三千円のピアスをおどおどと買った。

その自信のない、一番安いものを買っちゃったという後ろめたさを滲ませた買い方からして、プレゼントするときも自信なげに、おずおずと差しだすのであろう。ほとんど勝負がみえた男の子であった。若いというのは、どこか痛々しいものがあるなあとひそかに同情してしまった出来事であった。

そして思いだすのは、自慢ではないが（まー自慢になるが）、私の男友達のひとりなのだった。もう何年も前のこと、わが母が電話をかけてきて、

「おまえ、どっかに旅行にでも行く予定ないの」

といった。その口ぶりからして、そろそろ、どこかに連れていってほしいというのがアリアリであった。旅行の予定はなかったが、こうなると誘わないわけにもいかず、

「東京の近場の、熱海《あたみ》か伊東《いとう》か、箱根《はこね》に行こうか？」

というと、母は例によってシブシブという感じでＯＫした。

電話をきったあと、私は頭を抱えてしまった。母がこの日ならと指定した時期は、〆切が束になっている時期で、とてもノンビリ温泉に行っている場合ではないのだった。

しかし、誘ってしまったものはしょうがない。

母が上京してくる日の前後をあけるために必死に仕事して、いよいよ、母が明日くるという日は、まだエッセイが一本あがらず、いいかげんヒステリー状態であった。おりしもその日の午後、男友達からリーンと電話があった。

「なんかヒスッてるねえ」

というひとこえを聞くやいなや、このクソ忙しいときに母がくる、東京見物やら温泉やらに行かなきゃならないとグチをこぼすと、

「自分が誘ったのに、だれの責任でもないでしょ。まあ、待ちなって」

といいつつ電話のむこうで、なにかペラペラとめくる音がして、

「明日だったら、新宿コマで藤田まことの芝居やってるよ。田舎から出てくる年配の人なら、きっと楽しいから。連れていってあげなよ」

いつも職場の机のなかに、ぴあを入れておく（イヤミな）男はいったのだった。

「だけど、チケットが手に入んないしィ、きっと。あたし、まだ一本、仕事あるもん」

「じゃあ、オレ、これから会社ぬけだして、買ってきてやるよ。外廻《そとまわ》りだとかいって」

「え、じゃあ、チケット受渡しで、今夜、会える!?」

翌日、母親がくるというのに、無情な娘は〝母より恋人〟でヨロコんだのであったが、

「ダメ。残業あるから」

とそっけなく、フラれてしまった。

買ったチケットはどうするんだと聞くと、バイク便で今夜じゅうに自宅に届くようにしてあげるという。チケット代はどうするのかと、なおもしつこく会うための口実をさがして問い詰めると、

「年末のクリスマスプレゼントの代わりにしてくれないかな。オレ、金ないし」

というのだった。

「えー、クリスマスのプレゼントないの!?　約束してたブローチはないのォ」

そのときはブス膨れて、ろくに返事もしなかったのであったが、しかしその夜も遅くにちゃんとチケットが届いた。

その翌日、空港で母をひろって新宿のデパートめぐりをし、やがて新宿コマに母を連れていったのであったが、藤田まことが出てくるやいなや、

「ああ、テレビで見ないいと思ってたら、こんなとこにいたんだねえ。苦労してるんだねえ」

テレビに出てるのは売れっ子で、芝居小屋で芝居やってるのはオチメになってドサ廻りをしているのだと思いこんでいる母は涙をこぼし、

「お母さん、藤田まことは座長なの。こんだけのコヤで、座長はれるのは役者として格が上なんだよ。藤田まことは、この他にも必殺ものの舞台の当たり役もってて、たいし

た役者なんだよ」

あまり格だのなんだのは好きではないにもかかわらず、藤田まことの名誉のために、説教くさく注意してしまい、

「おまえはまた、そうやって、すぐに知ったかぶりに説教して」

母は不満そうであったが、しかし劇場を出るころには、私たち母娘は和気あいあいとして、まれに見る友好的な時間をもったのであった。

いつもなら、なにを見ても、東京のモノは高い！　と怒る母が、千円のプログラムにやや顔をしかめつつも嬉《うれ》しげに胸にだいて、家に帰ってからも、何度もめくっていたほどだった。

このときの成功に気をよくして、それ以後、母が上京したおりは、劇場そのものもトーキョーのミヤゲ話になるような帝劇や演舞場みたいな大きなコヤで、なるべく母や母の友人が知っている芸能人の舞台をえらんでチケットをとるようになったのだが、それもこれも男友達のアドバイスとチケットプレゼントのおかげ、いまだに忘れがたく記憶に残っている最高のプレゼントのひとつであった。

男なら、これくらいのプレゼントをすると、たとえ別れたあとでも、いついつまでも、(あのヒトは、いいヒトだった。人情のキビの分かるヒトであった。女をヨロコばせるために、会社ぬけだしてチケット買いにいくのも厭《いと》わない、デキた男だった)

とシミジミ心に残るもの。しかし、くだんの一万三千円のピアス青年は、あと十年は修行をつまないとダメであろう。

そういうわけで、つい一年ほど前、またまた母が〈ひとり暮らしの家を掃除してあげる〉という名目で遊びに上京したおりも、私はぴあをめくり、日生劇場でやっていた都はるみコンサートを確保すべく、ダイヤルの鬼になったのだった。残念なことに、そのころにはもう、会社をぬけだしてチケットを買いに走り、バイク便で送ってくれる男友達ははるか過去の彼方《かなた》であった。いや実に、さよならだけが人生なのだった。

浮世の淋《さび》しさが身にしみつつダイヤルする私に、現実は苛酷《かこく》であった。前売りはもうなくて、当日券でないとダメだという。なんとか当日券予約をとり、私は母を出迎えに空港にいそいだ。

演舞場でやってる演歌歌手の座長芝居か、都はるみコンサートのどちらがいいかと電話で問い合わせたところ、母は即座に、

「そりゃ、都はるみだよ。都はるみが見れるのかい？」

電話のむこうで声を震わせたほどで、やってきた母はすでに期待のあまり顔が上気していた。

「キップ、とれたかい？」

チケットは当日券でないとダメだというのを知らせてあったせいで、母は開口一番、

そういった。地方に住んでる老婦人をここまで興奮させせられるのだから、つくづく都はるみは偉大な歌手なのだった。

銀座で食事をすませ、デパートめぐりをしたあと（これをするから、母が上京するたびに私は疲労困憊《ひろうこんぱい》して、ますます神経がささくれ、トゲトゲしくなるのだったが、これをしないと母が承知しないのであった）、いよいよ日生劇場に行った。母はワクワク顔でロビーのソファに座り、コーヒーをすすっていた。

プログラムを買いにゆき、オペラグラスを借りて母のところに戻ると、母の隣には、いかにも劇場に通いなれているといった感じのカップル（男はエリートトサラリーマンふうの二十七、八歳。女は二十五歳前後のタカビー女。どっちもマスコミ関係かと思わせる雰囲気）が座っていた。そして、そういうカップルにありがちなように、知った顔をさがそうと落ちつきなくアチコチを眺めまわしては、

「都はるみとなると、やっぱり日生も客層が違うよな」

「なんか田舎モノが多い感じよねー。オバサンばっかりで」

などと聞いたふうなことをウソブいているのだった。

（どうせテメエら、劇団○○の直輸入モノ見て喜んでるクチだろ、アホったれ！）

と怒鳴りつけたいのをグッとこらえて、まぎれもない田舎モノの母を見ると、母はおどおどと俯《うつむ》いていた。

母はもともとプライベートだと気が強いわりに、出るところに出ると人見知りする小心なところがあり、劇場などは都会の見知らぬ人ばかりが多い、母にとっての気のはる場所で、そういうところで、たまたま隣に座ったカップルが、田舎モノばかり……などというのを耳にして、緊張しているらしいのだった。

「やっぱり、はるみもさあ。引退したままだとよかったんだよ。最近のはるみって、なんかカン違いしてるんじゃないのって感じだよな」

「ちょっと、肩にチカラ入ってるんじゃないですかってね」

などという口ぶりがまた小面憎《こづらにく》くて、あーやだやだ、こんなスノッブなセリフ聞くためにお金払ったんじゃないぞと、私はにわかに気分がクラくなったのだった。

唐突なようだが、その昔、はじめて母と一緒に芝居見物して開眼したことのひとつに、芝居見物の（地方からの）団体客をバカにしてはいけない――というのがあるのだった。

まぎれもない地方からの訪問者であった母は、舞台の役者さんのイチイチに喜び、手を打って笑い、泣かせどころでは蓄膿《ちくのう》症《しょう》の鼻をすすりして、心ゆくまで堪能していた。

それまでの私は、苦労してチケットをとった芝居に、団体割引料金の団体さんがたくさんいると、あー、あのチケットとりの苦労はなんだったのとムッとなり、芝居が始まってからもザワザワしていると、ついつい怒りもわいてきて、

（あーもう、個人客がチケットとるの大変な公演に、団体客を入れないでほしいよな

ー)

などと思ったりもしたのだったが、母のヨロコビようを横で見ていて、これこそお芝居の楽しみ、お芝居はおまつりなんだから、団体で見物したお客さんが故郷に戻り、一週間くらい話のネタに困らないくらい楽しんだのなら、それがホントのお客さんで、それを邪魔に思っちゃいけないなあと反省したりしたのだった。

かつての私なら、彼らと同じように「最近の都はるみって……」などと聞いたふうなことをいったかもしれず、それが自覚できるだけに若いカップルのおしゃべりが気恥ずかしくて、

(そういうことは終幕後に、どっか、それっぽい連中の集まる店に飲みにいって、好きなだけいってくれよ。なにも聞こえよがしに、これから始まるコンサートのロビーでいうようなことじゃないよ)

と思うと、知らずしらずのうちに顔がこわばってくるのだったが、それまで黙っていた母がふと顔をあげて、

「ねえ、サエコ、今日のはきっと、ナカムラさんが手伝ってるんだよね」

突如、いいだしたのであった。

ナカムラさんが何者か知らず、私はぼんやりして、

「だれ、それ。お母さん、知り合いなの?」

と尋ねた。母の口ぶりからして、いかにも旧知の知り合いといった感じで、まさかとは思うが、なんかの拍子に、興行師のはしくれに知り合いでもいるのであろうかと思ったのであった。母は呆《あき》れたように、ほんのすこし自慢げに口もとをヒクヒクさせて、

「やだね、あんた知らないの。ナカムラさんだよ。はるみの恋人の」

さらにいい募るのであった。

寡聞にして、私は都はるみの週刊誌ネタをまったく知らず、ナカムラ某がなんなのか、まったく分からないのであったが、どうやら母の隣にいた若いヤンエグふうカップルは思いあたるところがあったらしい、あからさまに呆れたように目配せをしあって、母を見た。その目には、これだから田舎モノは……という嘲《あざけ》りの色がありありであった。

しかし母は、それまでツーぶってしゃべっていた隣のカップルが黙りこんで、母を注目したのを違うふうに勘違いしたらしい、いよいよもって確信ありげに首をふり、

「はるみも大変だよね、ナカムラさんの奥さんが離婚してくれなくて。だけど、がんばっていい歌を歌えばいいんだよ。それが歌手のクンショウさ」

シミジミと思いいれたっぷりにいうのだった。それは、どう頑張っても、わが母からオリジナルで出てくるセリフや単語ではなく、あきらかにワイドショーのコメンテーターがいいそうなことなのであった。

隣のカップルはうすい笑みをかわしたあと、ささっと席を立って歩み去った。週刊誌

ネタを嬉しげにしゃべる田舎モノの近くにいると、田舎臭がウツるとでもいいたげな素振りではあった。

私はあいた席に座り、母にプログラムとオペラグラスを渡しながら、笑いがこみあげてくるのをこらえきれなかった。ザマァミロといいたい気分であった。

ワタシの母親もいいかげん俗物で、その俗物ぶりを、世間体を気にして恥ずかしがるワタシも俗物だけど、気のきいたコラムくずれの感想をいってる気になってるあんたらだっておんなじおんなじ、ぜんぜん違わないよ、ワタシの母はあんたたちに負けないよう、おんなじことをいっただけなんだよといいたいような、爽快《そうかい》な気分であった。こういうことがあるから、わが母は侮《あなど》れないヒトなのだった。

さてコンサートが始まり、私たちは最後列であったが、母はオペラグラスを目から離さず、一曲一曲に体をゆらしていた。アレンジがだいぶ違ったり、最初のうちは聞いたことのない新曲ばかりで、ワケが分からなかったらしいが、それでも、

「あれだけ飛んだり跳ねたりして、汗ひとつかかないんだねえ」

「着物がきれいだねえ」

といちいち感激していた。やがて、おなじみの『アンコ椿《つばき》は恋の花』『好きになった人』なんかがロックバージョンで流れだし、母は途中までポカンとしていたものの、知ってる曲だと分かったとたんに身をのりだして、涙を拭うのだった。

幕間でロビーに出て、サンドイッチを買って母のところに戻ると、母の向かいの椅子にはオカマがふたり座っていた。いやもう、よりにもよって好奇心の強い母の前に座っていただかなくても……と恐縮するほど、絵に描いたような年季のはいったオカマ氏であった。

母は生まれてはじめて目《ま》の当たりにするオカマふたりに、目をむいて、息をのんでいた。その驚きようが、はっきりとオカマ氏に伝わり、視線を感じることで闘争意欲がみなぎってくるのか、彼らはとても生気あふれる様子であった。タバコを横くわえして、

「ああ、やだやだ。あたしは昔のはるみの歌を聞きたかったのよォ。あんなマイクスタンド持って踊るはるみなんて、いやよォ。はるみ、変わっちゃったわ」

かなり細身の、五十ちかい、元は美人だったかもしれないヒトがいうと、やや太めの、化粧が浮いている赤ら顔の若い三十くらいのヒトが、

「だったら、あんた帰りなさいよ。あたし、もう三回目よ。文句いわないでよ」

「なによ、それ。あんた化粧なおしなさいよ、目のとこ、コナ吹いてるじゃない」

「トシとると、文句ばっかり多くなって。あんた、それだから嫌われんのよ」

「んまあ、違うでしょ。あたしはね、昔のほうがよかったっていってるの」

などと議論をはじめた。

さすがの母もサンドイッチを持ったまま、ろくに食べもせずに茫然《ぼうぜん》とオカマふたりを

見ていたのだったが、なにか、ふいに義憤にかられたというように、キッと私を見て、

「曲はちょっと聞いたことないのだけど、やっぱり、はるみの歌ははるみだよね、サエコ。昔とおんなじだよ。違うってことないさ」

といいだしたのだった。いや、怖いもの知らずとはよくいったもの、都はるみへの愛は、見ず知らずのオカマ氏にケンカを売るほどのものらしいのだった。私はさすがに息をのんだ。

オカマ氏ふたりは、んまあー、なによ、ババア！　というように同時に母に顔を向けたものの、そこは年の功なのであろうか、それともわが母の、はるみへの一途《いちず》な愛にコロ打たれたのかもしれないが、ぴたりとはるみの話をやめて、ミーティングがどうしたこうしたというお店の話に移った。やがて五分前のベルが鳴ったとたん、はるみのワルグチをさんざんいっていた細身のヒトが、

「あ、いかなきゃ」

と呟いて反射的に腰をうかした。そして、自らのファンぶりが期せずしてあからさまになったのが恥ずかしかったのであろう、ちらりと私たち母娘を見た。彼（というのか彼女）は照れたように首をすくめて笑い、いそいそと客席に戻っていった。

若いヒトはぷかぁと煙草の煙をはいてから、やおらコンパクトをとりだして化粧直しをして、ゆうゆうと席に戻っていった。

「——サエコ、東京はすごいね」

彼女たちの仕種《しぐさ》のひとつひとつを好奇心まるだしで見ていた母は、まだ半分以上も残っていたサンドイッチの箱を手提げ袋にしまいながら（もちろん、それは家に持って帰って食べた）、上気した顔で囁いた。なにか、たいそう感動しているようだった。

そして二幕も心ゆくまで楽しみ、手が痛くなるまで拍手をした。帰りに、一階の階段下で売っていたCDとビデオを私が買うのを文句もいわずに待っていて、

「このビデオ、お土産に持っていくといいよ」

というと嬉しそうであった。自宅に戻り、買ってきたばかりのビデオを50インチの大画面で観ているうちに、とうとう歌詞カードを見ながら歌いだした。母はとても楽しそうであった。

母のために、観劇の楽しみを思いついてくれた、そのときはすでに過去の彼方の男友達を偲《しの》びつつ、私も一緒になって『好きになった人』なんかを涙ぐんで歌った。私たち母娘は、まあ、こうやってずっと付き合っていくんだろうなと歌いながら思ったのだった。

あとがき

先日のこと、例によってわが母が遊びにきたのだったが、そのおり、おそるべき事実が判明した。これまで私の書いたものなど一切読まず、読むものといっては美容院における女性週刊誌のみという健全さであったわが母が、なんと、

「おまえが書いてる、ほら、あの昔ふうの、女の子が出てくるハナシ、あれ、次の出ないの」

というのだった。わが母がいつのまにか、娘の書いたモノを読むようになっていようとは！

肝が冷えるというのは、ああいう情況をいうのであろう。思えば、このエッセイを連載中、

「ああいうの、お母さまご本人が読んで、まずくないですか」

と各方面からご指摘をうけてきた。私はそのたびに、いやー、母は私の書いたものなんかぜんぜん読みませんからと気楽にいってきたのであった。

ぜんぜん読まないから、好き勝手に脚色して書いたというわけではまったくない。事

実は小説より奇なり。すべて事実に即したノン・フィクションであることは間違いない。間違いないが、しかし今、私の脳裏にふとよぎるものがある。

『真実、必ずしも美ならず』

これは小学生のころ、英語を教えていただくために通っていた田舎のカトリック教会の黒板に貼られていた標語というか人生訓というのか、そういうものである。じつに含蓄のある言葉というべきであろう。シンジツを書いたからといって、胸をはっていられる浮世ではないのだ。

「……お母さん、あたしの本とか、読むの」

「うん。このごろね」

「あたしのなんか読むより、もっとエラい先生の本、読みなよ。人生とかわかるようなやつ」

「いやー、このトシで人生わかっても、しょうもないわ。どうせヤヤコシイ字読むんなら、ヒトの書いたのより、まだ、おまえの書いたモンのほうがマシだァ。本ぐらい読んでないと、ボケるの早いしさ」

事態はまぎれもなく破局に向かって、つき進んでいるように思われる。

今はただ、この本が彼女に、ほろ苦くも懐かしい興趣を催させてくれるのを祈るのみ

である。外国の本によくある献辞ふうにいうならば、

――夢見がちな私につねに現実を直視させ、人生に対する覚悟と闘志をかきたててくれる愛すべき戦友のわが母、及びその伴侶に、そして忍耐強い友情によって私を支えてくれた編集者村田嬢に、このささやかな本を捧《ささ》ぐ。

氷室冴子

一九九三年六月

解　説——さわやかにもおかしい〈母〉

田辺聖子

　母と娘——という関係は、もし娘が女流作家であった場合、それは常に文学上の大きなテーマの一つである。〈母が女流作家であった場合、これは問題にならない。娘にメロメロになるか、突き放すか、個体差はあってもそれが文学的主題となるほど致命的なものとは思えない。人生の何らかの部分品《パーツ》ではあろうけれど——。と、私は想像する。私は娘も息子も、持たないので〉

　しかし娘が女流作家である場合、

〈母親〉

という存在は、これはどうしようもないシロモノである。娘はその障害物を全身全霊で爆破して前進しなければいけない。〈そこ、のいて、のいて〉といったって、おとなしくのいてくれる母親なんていない。のかないから母親なんだ。

　本書の〈母〉はまことにその一典型みたいな猛母だが、世の中には、しおらしい、やさしい、娘を信頼して娘のいうまま、という母もいるではありませんか、という人もあろう。

しかし、しおらしい、やさしい母というのも、これはこれで足手まとい、腰がらみ、ふりすててゆくには粘着力強く、どうしようもない障害物にはちがいない。

だから猛母にせよ、しおらしい母にせよ、いやあもう、娘にとって母親とは人生でまず、ブチ当るべき敵なのである。娘が作家であれば、母との関係において、実にさまざまの社会的・人生的哲理を発見するであろう。母親との関係が文学的に大きいテーマの一つだという所以《ゆえん》である。

本書を読んでいて、私は笑いっぱなしだった。作者の〈母〉のユニークな個性の面白さ（強い存在感あり）もさりながら、私の母にあまりにも似ている。ウチの母は（と、ただちに出てくるのは、娘同士、武士は相身互《あいみたが》い、という同志的感情を持ってしまうからだが）やはり個性が強烈で、批判精神たけだけしく、まだボケていないので批評がするどい。そのヒトコトがなければよいのに、——と思うような、トドメの一撃、というのをすらりと口にしてしまう。親類間のトラブルメーカーであった。（さすがに九十歳の今はやや舌鋒《ぜっぽう》が鈍ったが）

それかれ思いあわせ、この作者の〈母〉には笑ってしまうのであった。（ひとごとでは〈おもろ〉となるが、娘本人の身になればたいへんな災難だろう）

本書の〈私〉は、〈母〉に対する愛情は愛情として、多年、丁々発止の対応をしているうちに、観察眼がとぎすまされる。そしてそれは、〈母〉個人の個性というより、初老年代・六十代女性の通癖ともいうべきもので、まことに説得力ある現場報告《ルポルタージュ》である。これがまずおかしい。母は娘との喧嘩になると号泣していようが、ハナミズすすろうが、絶対に黙ることなく反論する。

「この場合、母親にとって重要なのは、反論の内容ではなく〝反論する〟という行為そのものなのだ」

母娘《おやこ》の闘いは「勝つための戦争ではなく、負けないための闘いであり、つまりドローにもちこむための闘いである」

「母はもともと、テーマのある、一本スジの通った話をしているのではなく、思いつい たこと、ふと頭をよぎったことを、ほとんど呼吸しているように口に出すだけなので、話題がとんでも、一向に傷つかないらしい」

母はグチを娘にこぼすが、娘に慰められて気を取り直したいからではない、「自分と一緒に、傷ついてくれることを望んでいるからだ」

プライベートでは大胆なのに「いざ〝出るところに出る〟となったとたん、異常に気をうわずらせる」、人前でちゃんと挨拶しなければいけないというときなど、「人見知りする少女のようにハニカム」

あざやかな生態報告である。そして娘に言いこめられると、「赤く泣きはらした目をこすって、ぷいと横を向いて、さも、せつなげにふーっとタメ息をつき、『あたしの人生ってなんだったのかねェ……』と呟く」のだが、どうもそれはテレビドラマのワンシーンで聞きかじったセリフくさいのである。――この年代の〈母〉はテレビに精通しているので、人生の感懐もアフォリズムも、適宜、ドラマのセリフから拾ってくる。……

こういう天衣無縫《てんいむほう》の（しかしその情熱はつねにズレた方向にそそがれるので、天衣もバイヤス裁ちしてあるとしか、思えない）猛母が堅持する人生観は、女は結婚すべし、というもの、それもやがて、結婚できる・できないという評価に変ってゆき、母と娘の攻防はいよいよ尖鋭化する。その究極が、母のテレビ出演（声だけだが）で娘の結婚占いになる。六十代女性は公的私的認識につき（わきまえている人もいるが）ボーダーレスの人も多い。日々家庭で見慣れているテレビだから、いつとなく家内的発想になったのであろう。

しかしこれは公的生活を営む娘には致命的である。このへんの緊張ぶりが第三者には（当事者には申しわけないながら）おかしくてたまらない。

ついに娘は絶縁状を送りつける。対する母の手紙のしおらしさと、縫いあげた着物を送ってくるかわいさ。

所詮、母娘でも理解しあえないものではあるけれど、情感で、ナアナアのうちに、娘と母は、ほどけかけた絆《きずな》をまた結ぶ。ことにラスト近く、〈田舎者〉の母が都はるみを応援するあたり、読者は思わず、〈かわいいオバサンだ！〉と思ってしまうではないか。

ちなみに、本書では、作者自身の人生観や結婚観も、母のそれと対応して、よって立つところをあきらかにするべく、書きこまれているが、〈私〉のたたずまいも鮮明だ。

そして読後の私の感想としては、

〈この母にしてこの娘あり〉

双方とも強者《つわもの》で、竜虎相搏《あいう》つ、というところであろう。

しめりっけのない、サバサバした、しかし砂糖黍《さとうきび》をしがむような一抹の甘みある文体は、母と娘という、書きようによってはどろどろしたものになりがちな人間関係に、さわやかな風をもたらしている。――この一すじ縄でゆかぬ〈お母君〉の、末長いご健勝を祈りたいと、思わされてしまった！

（たなべ・せいこ　作家）

本書は一九九六年六月、集英社文庫として刊行されたものを再編集しました。
施設名は執筆当時のものです。

単行本　一九九三年七月　集英社刊

JASRAC　出　2202806-201

集英社文庫　目録（日本文学）

集英社文庫

冴子《さえこ》の母娘草《ははこぐさ》

2022年5月25日　第1刷　　定価はカバーに表示してあります。

著　者　氷室冴子《ひむろさえこ》

発行者　徳永　真

発行所　株式会社　集英社
東京都千代田区一ツ橋2-5-10　〒101-8050
電話　【編集部】03-3230-6095
【読者係】03-3230-6080
【販売部】03-3230-6393（書店専用）

印　刷　大日本印刷株式会社

製　本　大日本印刷株式会社

フォーマットデザイン　アリヤマデザインストア　　マークデザイン　居山浩二

ISBN978-4-08-744393-6 C0195